어디로 가는 걸까

어디로 가는 걸까

1판 1쇄 발행 2024년 9월 25일

지은이   강미란 외 5인
발행인   이선우
펴낸곳   도서출판 선우미디어
         등록 | 1997. 8. 7 제305-2014-000020
         02643 서울시 동대문구 장한로 12길 40, 101동 203호
         ☎ 2272-3351, 3352 팩스: 2272-5540
         sunwoome@hanmail.net
         Printed in Korea ⓒ 2024. 강미란 외 5인

15,000원

ISBN 978-89-5658-771-4 03810

어디로 가는 걸까

강미란

고미화

김점자

김학명

엄미정

최재우

선우미디어 sunwoomedia

어디로 가는 걸까?

회장 **김학명**

우리는 누구나 길을 나선다. 삶을 위해, 관계를 맺기 위해, 여행을 한다. 길은 여러 갈래로 어디에도 연결되어 목적지를 정하면 어느 길로 가야 할지를 선택한다. 한눈 팔지 않고 쉼 없이 갈 수도 있고 느린 걸음으로 천천히 주위를 살펴 가며 여유롭게 갈 수도 있다. 꽃길일 수도 있고 가시밭길일 수도 있다. 눈길일 수도 있고 아무도 가지 않는 새로운 길을 만들며 가야 할 수도 있다. 누구라도 지나가면 길이 된다.

길은 우리가 다니는 외형의 길도 있고 내 안의 무형의 길도 있고 또 삶을 살아가는 인생의 길도 있다. 하지만 어떤 길이건, 누구나 가야 하고 또 갈 수밖에 없는 숙명이라고 해야 하지 않을까. 여행을 떠나는 건 인생을 배우는 시간이다. 오랜 시간 여행으로 몸도 마음도 피곤할 때 초록의 지평선이 내려다보이는 길모퉁이에서 솔바람을 맞는다. 시원한 바람이 마음을 위로하고 영혼을 씻어주니 눈이 선명해진다. 언덕 아래 지나온 길들이 한눈에 들어온다.

시원한 바람은 마음을 위로하고 영혼을 씻어준다. 언덕 아래 지나온 길이 한눈에 들어온다. 비바람 치는 자갈길을 걷기도 하고 탄탄대로 꽃길을 지나기도 했다. 어느 때는 지루한 길을 걷기도 하고, 가파르고 험한 길을 걸으며 어렵고 힘들게 지나온 시간도 있었다.

길을 나서는 데는 혼자보다 여럿이 좋다.

멀고 긴 인생의 여정에선 더 말해 무엇하랴. 삶의 이야기도 도란도란 나누고 취미도 함께하면 더욱 좋지 않을까. 그런 인연들을 만나 얼굴을 마주하고 정을 나누는 사이 서로 웃음 짓는 글벗이 되었다. 시간은 강물처럼 흐르고 흘러 차 한잔을 나누던 어느 날 제각기 주제를 정하여 몇 편의 글로 한 권의 책을 만들자는 제안이 있었다. 길을 따라 지내온 사연들을 가슴으로 쓴 한 편 한 편의 글들이 여기에 모아졌다. 사랑하는 마음을 깊은 곳에 품고 주위의 모두를 관조하고 의미를 깨달은 이야기는 달빛이 되고 별빛이 되어 어둠 속에서 끊임없이 반짝인다. 글들 하나하나가 작가의 마음을 넘어, 또 다른 가슴으로 깊이 전해질 수 있으면 좋겠다. 앞으로도 우리가 가야 하는 길은 끝이 보이지 않는 멀고 먼 길이지만 지금처럼 글벗과 주위와 함께하며 성실히 뚜벅뚜벅 가야겠다. 가끔은 내가 서 있는 여기가 어딘지 어디쯤 왔는지 묻고 또 물어야 되겠지.

어디로 가는지를….

차례
Contents

수필의 수필
'수필을 어떻게 쓸 것인가'에 대한, 하나의 담론(談論)

수필가 **최재우**

　수필이란, 마음 가는 대로, 붓 가는 대로 쓰는 글입니다. 문학의 한 장르인 수필은, 어느 사람이 일생을 살아가는 동안 보고, 듣고, 느끼는 인간관계나 일상(日常)에 대하여 문학적인 상상력을 발휘하여 글로 표현한 것입니다. 영국의 철학가 베이컨은, 문학은 상상(想像)이라고 하였습니다. 상상이란, 사실 그 자체에 매이지 않고, 사실들을 내면세계에 변형시켜 사실보다 더 아름답게, 창조적으로 그리는 것이라고도 하였습니다. 몽테뉴의 에세이, '수상록(隨想錄)'을 수필의 고전이라고 합니다. '수상(隨想)'이라는 말은, 따를 '수(隨)' 글자와 생각 '상(想)' 글자 조합으로 이루어진 단어입니다. '생각을(에) 따른다'는 의미입니다. 어쩌면, 수필의 본 바탕이라고 하여도 과언이 아닐 것입니다.

　세상은 천지인(天地人)으로부터 비롯되었습니다. 명심보감에서도, 세상에서 인간이 가장 귀하다(惟人最貴)고 하였습니다. 그렇다고 본다면, 인간의 희로애락의 감정과 우여곡절의 인간관계를, 마음 가는 대로, 붓 가는 대로 쓰는 수필이야말로 문학의 가장 근원적이고, 고차원적 장르가 아닐까 싶습니다. 세상 모든 것에는, 형이상(形而上)이든, 형이하(形而下)이든 이름이 있습니다. 누군가 처음에 이름을 붙였습니다. 그것을 정명(定名)이라고 합니다.

정명은 하나의 상징이 되고, 어떠한 규정(規定)이 됩니다.

한글로 '수필', 한자로 '隨筆'로 이름을 붙였을 때, '수'라는 글자의 의미는 한자로, '따를 수(隨)'입니다. 영어로, 'according'인데, 그 의미에만 국한되어서는, 무변광대(無邊廣大)한 수필의 정명(正名)으로서, 왠지 제한적이고 다소 불만족스럽습니다. 수필의 '수' 글자에 은유(隱喩)되는, 다른 의미의 글자도 생각하여 봅니다. 그러면서, 그것이 '수필은 어떻게 대하여야 할까?' '수필을 어떤 자세와 마음가짐으로 써야 할까?' '내가 쓴 수필이 독자에게 어떤 감상으로 읽혀지면 좋을까?'에 대한 하나의 담론(談論)으로 삼을 수도 있다는 생각을 하여 보았습니다.

1. 수필은 수필(水筆)이다.

수필은 물입니다. 수필은 물 같아야 하다고 생각합니다. 물처럼 순(順)하고, 물처럼 담담(淡淡)해야 한다고 생각합니다. 물은 위에서 아래로 흐릅니다. 거스르는 물은 없습니다. 흐르면서 웅덩이가 있으면, 그곳을 다 채우고, 물은 다시 흐릅니다(盈科後進). 물은 고정(固定)되어 있지 않습니다. 네모난 그릇에서 물은 네모요, 둥근 그릇에서 물은 둥급니다. 물은 바로 순리(順理)요, 자유(自由) 그 자체입니다. 노자 도덕경에서도, '상선약수(上善若水)'라 하였습니다. 최고의 선(善)은 물과 같다는 것이지요.

물과 같은 수필을 쓰도록 애쓸 필요가 있지 않겠습니까? 수필을 쓸 때에, 물의 교훈을 염두에 두고 쓰면 좋겠다는 생각입니다. 어떤 수필이 물 같은 수필일까요? 우선 물처럼 읽기 쉬운 수필이어야 합니다. 수필은 힘들게 쓰고, 쉽게 읽혀져야 하는 글이지요. 수필은 철학이나 평론이 아닙니다. 가급적이면 쉬운 말, 누구나 널리 쓰는 우리 말을 단문으로 연결하면서도, 전체적으로도 물길처럼 끊김이 없는 글이어야 한다고 생각해 봅니다. 삶에 대한 성찰을 통하여, 삶의 미진하고 부족한 부분을 채우는 수필이라면 더 좋겠지요. 어떤 세속의 이해관계나 관념에만 매몰된 고정관념의 수필을 벗어나야 할 것입니다. 수필을 읽었을 때, 마음에 거스르는 느낌이 없어야 물 같은 수필이 아닐까요? 사람에 따라, 관점이나 이해관계가 서로 다를 수 있는 제재에 대한 수필은 피해야 할 것입니다.

물의 생명력은 흘러가는 것입니다. 물은 냇물되어 흐르다, 강물이 되고, 큰 바다에 이릅니다. 인생도 흘러갑니다. 인생수필이란 말이 있습니다. 수필은, 어느 수필가가 일생(一生)을 사는 동안, 간단(間斷)없이 이어지는 그의 삶을 농축한 아름다운 글입니다. 수필을 잘 쓰고, 못 쓰고는 별개입니다. 그의 삶의 과정들이, 문학적 상상을 거쳐 솔직담백하게 수필로 쓰여진다는 그 자체가 얼마나 아름답고 고귀한 일입니까? '젊음의 뒤안길에서 인제는 돌아와 거울 앞에 선 누님' 같은, 그런 수필은 그 자체로도 아름다운 삶의 또 다른 모습이 아닐는지요.

2. 수필은 수필(繡筆)이다.

수필은 수(繡)다. 자수(刺繡)는 헝겊이나 비단에 색실로 그림이나 글자를 바늘로 떠서 무늬를 놓는 것입니다. 수(繡)를 놓는 여인은 수본(繡本)에 따라 한 땀 한 땀 수를 놓습니다. 서두르지 않습니다. 정성을 다합니다. 작품이 하루아침에 이루어지는 일이 아닙니다. 여럿이 웅성대면서 뜨지 않습니다. 대개 아무도 없는 곳에서 홀로 수를 뜹니다. 수를 뜬다는 것은, 외로움입니다. 수를 놓다 보면 자칫 바늘 끝에 찔려 피가 나기도 합니다.

수필을 쓰는 사람이, 수를 놓는 여인에게서 암시적으로 배울 교훈이 있다고 생각합니다. 수필을 대하는 마음가짐과 자세에 대하여 시사(示唆)하는 바가 많다고 생각합니다. '아침나절에 잠깐 시간 내서 썼다.'는 넋두리는 수필에 대한 모독이라고 생각합니다. 수필은 그의 사색이, 방해받지 않는 외진 곳에서, 외로울 때 써야 한다고 생각합니다. 오래 마음에 두고, 생각에 생각을 거듭하여, 한땀 한땀 뜨듯이, 한자 한마디 글을 조심스럽게 엮어내야 합니다. 그래야 수(繡)처럼 아름다운 글이 되겠지요. 수필을 쓰는 동안에 어떤 때에는, 오래된 마음의 상처를 추억으로 되살려야 하는 고통이 따르기도 합니다. 어떤 수필은 마음의 고통을 수 놓는 일입니다. 수필가는 늘, 수(繡) 놓는 여인처럼, 마음가짐은 조심스럽고, 자세는 진지해야 한다고 생각합니다.

한 편의 수필을 쓰는데, 온갖 정성과 공을 다 들여야 합니다. 쓰고 가다듬고 또 가다듬고… 훌륭한 조각은 처음에는 그냥 커다란 돌이었다가, 조각가의 심상(心像)에 따라 쪼아내고, 갈고, 다듬어서 명작으로 탄생합니다. 명작 수필도 그러하겠지요.

작가 김훈은 '칼의 노래' 소설을 쓸 때, 이빨이 8개가 빠졌다고 합니다. 헤밍웨이는 세계적인 명작 '노인과 바다'를 무려 사백 번 이상 고쳤고, 톨스토이는 전쟁과 평화를 삼십여 년 동안 고치고 또 고쳤다고 합니다. 김훈은 왜 자전거를 타고, 전국을 누볐으며, 헤밍웨이는 왜 엽총으로 스스로 생을 마감했을까요? 톨스토이는 말년에 어느 허름한 기차역 객사에서 객사(客死)하였다지요?

소설이든, 시든, 수필이든 글을 쓴다는 것은 숭고한 고통입니다.

3. 수필은 숲필이다

수필은 숲필(筆)입니다. 숲은 조용하고 평안함을 줍니다. 식물이 내뿜는 피톤치드라는 향기는 폐부로 들어와 온몸으로 퍼져서 내 몸을 씻어냅니다. 내 영혼이 맑아지고, 들숨과 날숨이 고르고 깊어집니다. 온몸으로 숲을 받아들이고 싶습니다. 신발을 벗고, 양말도 벗은 채, 맨발로 숲속을 걷습니다. 아주 천천히. 숲을 가꾸어온 보드라운 흙의 기운이 발바닥에서 온몸으로 거슬러 올라옵니다. 옷이라는 거추장스러운 치장을 벗어버립니다. 온몸으로 나무들의 속삭임과 바람이 전하는 소리를 듣습니다. 나도 숲이 되어 갑니다. 그곳에는 새들의 노래가 있고, 자유로운 바람이 있고, 돌 틈을 쉼 없이 흐르는 석간수(石澗水)가 있습니다.

좋은 수필을 한 편 읽었을 때의 감동을, 숲에 든 산꾼의 체험으로 비유하여 보았습니다. 한 편의 수필을 읽었을 때, 숲에 들고 나는 산꾼의 체험 같은 그런 수필이라면 얼마나 좋을까요.

수필은 치유의 문학입니다. 좋은 수필은, 독자에게 위로가 되고, 동병상련(同病相憐)이 되고, 어떤 경우에는, 카타르시스의 눈물이 되기도 하지요. 감명 깊은 수필 한 편을 읽다가, 문득 고개를 들고, 먼 데 산을 쳐다본 기억이 있으시지요? 수필은 순수해야 합니다. 하얀 눈밭을 걸어가는 느낌의 수필이 있습니다. 두고두고 읽혀지면서 감상(感傷)을 치유하지요. 숲을 몸으로 익힌 산꾼이, 언제나 늘 그 숲을 찾듯이, 감동적인 수필은 시대와 세대를 넘어서 언제나 인구에 회자(膾炙)되고 있습니다. 그런 수필, 단 한 편이라도 세상에 남길 수 있다면, 그는 행복한 수필가일 것입니다.

소설이 산맥이라면, 시는 동산에 가꾸어진 아름다운 꽃밭이요, 수필은 숲속 호수라는 비유를 생각합니다. 소설에는 산줄기 같은 기승전결의 스토리가 요동치고, 희로애락의 파노라마가 출렁입니다. 소설은 끝까지 가봐야 끝나는 길입니다. 시는 단박에 한눈에 보이는, 언제나 현재형입니다. 꽃 한 송이에 온갖 사색과 정념(情念)이 농축되어 있습니다. 은유와 상징의 비밀을 찾고 또 찾아야 합니다. 수필은 비유하자면, '숲속에 있는 호수'라는 생각을 해봅니다. 숲은 생명입니다. 온갖 생물을 보듬는 평안함이 있고, 자유로운 바람과 명랑한 새소리가 있습니다. 사방이 푸르른 숲으로 싸인 호수가 있습니다. 잔잔한 명경지수(明鏡止水)입니다. 물안개가 피어오릅니다. 가끔 실바람에 잔물결이 입니다. 숲속 호수에는, 평화가 있고, 고요한 사색이 있습니다. 서점에서 늘 잘 팔리는 책은, 마음을 치유하고, 사색이 있는 수필집이라는 사실을 알고 계시지요?

왜 금아 피천득 선생은 수필을, '청초하고 몸맵시 날렵한 여인이 걸어가는, 숲속으로 난 평탄하고 고요한 길'이라고 했을까요?

한국 수필문학의 백미라는 평가를 받는 〈근원수필〉의 저자 김용준은, "수필이 어떤 글인가를 모르면, 수필처럼 쓰기 쉬운 글이 없고, 수필의 진수(眞髓)를 알면, 수필처럼 어려운 글이 없다" 라고 하였습니다. 늘 경구(警句)로 삼을 만한 말입니다.

현대 수필문학계를 대표한다고 하여도 과언이 아닐, 윤재천 교수의 수필에 대한 정의는 매우 경건합니다. "나는 인생을 진지하게 살고자 원한다. 성실하게 살고자 원한다. 그리고 항상 추구하는 자세이기를 원한다. 이렇게 거듭 반복되어지는 내 자신에의 목적을 명징(明澄)하는 방법의 하나로 나는 '수필'이라는 형식을 빌리는 것이다. 허욕과 탐욕과 위선이 난무하는 세태 속에서, 내가 '나'이고 싶은 소이(所以)에서 나의 수필이 씌어지는 것이다."

지금 우리와 함께, 이 시대를 살아가고 있는 수필가 박양근 교수의 '소회(所懷)'로, 제 담론의 마무리로 삼고자 합니다. "왜 문학을 하는가. 그리고 왜 수필을 하는가. 나에게 수필은 생명 그 자체이다. '산다'는 이상으로 영적 생활을 의미하기 때문에 내게 수필은 존재를 확인하는 몸부림과 마음부림이기도 하다. 달리 말하면 수필은 나를 살아있게 하고, 나를 다른 사람과 구별시켜주는 그 무엇이다. 왜 수필을 쓰는가?라는 질문을 받으면 늘 전전긍긍하기만 한다. 나는 문학의 시제에서는 현재 완료형은 존재하지 않는다고 믿는다."

당신은 수필을 어떻게 써야 한다고 생각하십니까?

남다른, 당신의 인생수필이 향기로우며 아름다운 열매 맺기를 소망합니다.

강미란

나의 퀘렌시아

2016년 『한국수필』 등단
한국문인협회, 한국수필가협회, 한국수필작가회 회원,
충북PEN문학 사무국장
《나의 퀘렌시아》《차경借景》
수상: 한국수필독서문학상대상, 충북대 수필문학상,
영광21신문 영광상사화 축제 기념 수필 대상,
좋은생각 생활문예대상 입선
충청투데이 에세이 필진, 청주시 1인 1책 강사
문학테라피스트

작가의 말

우리는 인생의 바다에 떠 있는 외로운 섬 하나이다.
나는 지금 어디에 존재하고 있는가. 내가 바라는 삶은 무엇인가.
내 안의 나는 누구인가 자문하며 방황한다.
수필은 나를 찾아가는 여행이다.
내가 머물렀던 시공간은 모두 나의 《쿼렌시아(안식처)》였다.
나를 충전하는 일은 새로운 나를 만나는 일이다.
나만의 안식처에서 새로운 나로 거듭난다.
그 시간의 편린들은 육체와 영혼의 치유제가 된다.
글쓰기는 나를 행복하게 한다.
나의 삶을 바로 세우고 보다 나은 나로 이끌어 가는 나의 동반자이다.

산막이 옛길

  칠성면 사오랑 외사리 마을에서 산막이 산골 마을까지 연결된 십리 길을 따라나선다. 오감을 열어 두고 천천히 거닐다 보니 싱그런 산바람에 흔들린 수풀 냄새가 코끝에 닿아 발걸음이 더욱더 가벼워진다. 옛길에 남아 있는 흔적을 찾아내 자연미를 덧그림 그리듯 복원해 놓은 데크 길을 따라 고즈넉한 옛길을 걷는다. 어머니의 품 안처럼 포근한 숲길이다.

  느림의 미학을 즐기며 타박타박 거닌다. 잠시나마 속세에서 선계로 들어선 듯 세상과 단절된 공간 속에 내가 있지 않은가. 옛길은 부재가 존재함을 일깨우는 길이다. 사람의 손때가 묻지 않은 자연 그대로의 모습 '무아지경'의 길이다. 직선과 곡선이 반복되어 이어지고, 맑은 물을 크게 휘감아 돌고 있는 옛길을 걷고 또 걸으며 헤진 시간을 추스르고 허망한 과거의 찌꺼기들을 비워낸다.

  '어느 생이 왜적 떼를 피하려 왔다가 이 길 끝자락에 머문 곳'이라 산막이 옛길이라 했던가. '산의 마지막 자락에 있는 마을이 산으로 가로막혔다.' 하여 산막이 마을이라고 불렀던 것일까. 그들은 더 물러날 곳도 그렇다고 되돌아갈 수도 없는 이곳에서 얼마나 많은 좌절과 갈등을 견디어 내었을까 가슴이 아려 온다. 그렇다. 옛길은 때로는 기대감으로, 때로는 상실감에 멈추어간 발자국의 흔적일 터이다. 옛 선조들은 주어진 길을 절대 마다하지 않고 묵묵히 이 길을 걸었으리라. 그것은 아마도 마땅히 걸어가야 할 길이라 여겼기 때문인지도 모른다.

인생의 길을 가다 보면 굴곡이 없는 삶이 어디 있겠는가. 옛길을 걸으며 혼자 가슴앓이하고, 상한 속을 삭이고, 고독감에 갇혀 멈추어 선 시간이 얼마나 많았겠는가. 하지만 그들은 이곳에서 새소리, 바람 소리, 물소리에 마음을 내맡기며 힘든 삶의 고갯길을 넘었고, 남은 생의 희망도 품었을 것이다. 이제라도 나를 비켜 세워 그들에게 제 길을 내어 주고 싶다. 하지만 그들은 이미 흙으로 물로 바람으로 돌아가 묵언으로 침묵하고 있을 뿐이니 안타까울 뿐이다.

　문득 길은 우리의 삶과 무관하지 않다는 생각이 든다. 직선으로 뻗은 근대의 도로는 산허리를 자르고 고개를 뚫고 달려갔지만, 우리의 옛길은 그렇지 않다. 자연을 보듬고 굽이굽이 이어갔다. 산이 가로막혀도 쉬어서라도 넘어가는 여유가 있었고, 강을 마주치면 우회하는 아량도 있었다. 옛길은 이렇게 우리의 산하를 껴안은 채 오랜 세월 굽이굽이 이어지며 우리 삶에 소통의 통로가 되고 연결의 매개체가 되었다.

　길은 어디서나 통(通)하기 마련이다. 산과 강이 가로막혀 있어도 길은 통하고, 고갯길을 넘고 나루터를 지나서도 길은 연결된다. 길은 경계를 넘어 이곳과 저곳을 연결하고 그 길을 통해서 사람과 사람이 이어진다. 그래서 산천초목 사이로 사람이 지나다녀 만들어진 길은 지문에 새겨진 인문이라 명명해도 탓할 사람이 없을 듯하다.

　우리가 가는 길은 하나만이 아니라 여럿이요, 변하고 통하기도 한다. 길은 그냥 만들어지는 것이 아니다. 산막이 옛길 또한 몇천몇만 사람이 다녀서 난 길일 것이다. 그들이 진정으로 걷고 싶었던 길은 소통의 길이었는지 모른다. 사람과 사람이 화합하고, 자연과 사람이 공존하고, 나아가 세계가 소통하기를 바라며 길이 잘 연결되길 고민했을 것이다.

　옛길 위에서 내가 지나온 길을 더듬어 본다. 어느 순간은 다른 길을 선택해야 했던 건 아니었을까 후회도 했다. 거쳐 오지 말았어야 했던 길, 쓰라

길이란 발로 걸어가는 길이 아니라
사람의 마음이 걸어가는 길이요.
대자연 속에서 내 안의 또 다른 나를 만나는 길이었다.

림에 눈물짓던 길, 발 디디고 싶지 않았던 길도 있었다. 앞으로 어떤 길을 걸어가야 하는지 나는 모를 일이다. 산과 물과 숲이 어우러져 있는 산막이 옛길에 내가 문득 찾아왔듯, 느닷없이 내게 주어지는 길이 있을지도 모른다.

산다는 것은 낯선 길을 가는 것이다. 낯선 길을 향하는 것은 어제와 다른 나를 만나는 길이요, 내 삶의 가장 빛나는 곳으로 향하는 길이다. 돌이켜 보니 내 앞에 주어진 모든 길은 지금 나를 이루고 있는 근원이었다. 그러니 앞으로도 내게 주어진 길을 묵묵히 가는 것은 나의 의무요 당연함이다.

타박타박 걷고 또 걸으며 나를 성찰하는 일은 옛길 위에서만 가능하다. 질주의 본능을 내려놓고 산막이 옛길을 걸으니 갈래갈래 나누어졌던 생각들이 점점 또렷해진다. 고즈넉한 옛길은 어디서든 멈추어 쉴 수 있는 시공간이다.

지나온 길을 뒤돌아볼 여유가 없었던 나는 옛길 위에서 길을 찾는다. 내 안의 상처, 아픔과 슬픔, 원망과 질투를 걷어내고, 위로와 희망의 값진 선물을 얻어 가는 시간이다. 모든 길은 내 삶에 안도감과 삶의 환희를 가져다줄 것이라 여기며 내게 주어진 길을 걷고 또 걸어가리라.

산막이 옛길의 끝자락을 돌아 나온다. 길이란 발로 걸어가는 길이 아니라 사람의 마음이 걸어가는 길이요, 대자연 속에서 내 안의 또 다른 나를 만나는 길이었다.

하얀 목련(木蓮)이 필 때면

나무에 피는 연꽃이라고 하던가. 난초꽃과 비슷하여 목란(木蘭)이라고도 하였던가. 연꽃이든 목란이든 목련을 두고 말하기는 마찬가지니 나는 어찌 부르던 무슨 상관이 있겠나 싶다. 다만 내겐, 어머니가 좋아하셨던 하얀 목련(木蓮)이었기에 그리움의 꽃으로 가슴에 새겨 있을 뿐이다.

사월은 생명의 기운들이 넘쳐나는 설렘의 계절이다. 나는 해마다 그 시공간 속에서 하얀 목련 봉우리가 아름다운 꽃을 피워내는 순간의 향연을 기다린다. 목련은 고요한 자태 안에 차가운 열정을 감추고 있다. 그 연유는 하얀빛을 내밀기 위해 냉기를 머금고 차디찬 겨울을 견디었기 때문이리라. 그뿐인가. 인고의 줄기에서 순결한 의지로 피었기에 그 자태가 더욱더 고귀하지 않은가. 더구나 향기조차 은은하고 기품이 있으니 봄이면 더욱 기다려지는 꽃이다.

봄이면 우윳빛 고고한 꽃의 빛깔과 단아한 자태의 백목련이 순종의 화신이듯 피어오른다. 한 아름 뭉쳐진 경이로운 아름다움을 하늘을 향해 토해내며 오롯이 위를 향해 합장한다. 천사의 옷자락 색이 저러할까. 순결하고 우아한 모습에 범접(犯接)할 수 없는 기품이 있어 '이루어질 수 없는 사랑'이라는 꽃말을 갖게 되었나 보다.

그러나 목련은 고결하고 소담한 꽃을 피워내고 여지없이 그 수명을 다하고 만다. 한꺼번에 피었다 한순간에 자취를 감추어 버리는 것이 목련의 일생이 아니던가. 목련은 내게 귀한 시절은 빨리 지나가 버린다는 철리(哲理)를 깨우치게 한다.

목련은 고매한 인품의 덕을 지닌 온유한 여인의 모습이다. 내 기억 속에 남겨진 어머니도 그런 여인의 모습으로 그려져 되새김 되고 있다. 꽃을 피워내고 이내 생을 마감하는 것이 목련이다. 목련꽃처럼 어머니가 내 삶 속에 있으셨던 시간도 찰나의 순간이었다. 위암 수술을 받은 어머니는 이생에서 삶이 얼마 남지 않았음을 짐작하신 것인지 병원에서 집으로 돌아가시길 간절히 원하셨다.

어머니는 안방 창문 넘어 어렴풋이 비치는 목련 나무가 보이는 곳에 누워 계셨다. 홀로 어둠 속에서 창가에 비친 목련이 꽃망울을 터트리기를 기다리며, 허허로움을 달래고 긴 밤을 지새웠을 어머니. 목련은 금방이라도 벌어질 듯 입술을 오므리고 있다가 봉오리마다 꽃잎이 열리는 밤이면 흰 살결로 어머니의 병상을 환하게 촛불 켜 주었다. 목련이 어머니에게 딸자식보다 더 위로되었을 터이니, 병상에 계신 어머니의 벗이요. 삶의 끈이었으리라.

하얀 목련이 필 때면 내 가슴에 그리움이 뭉클뭉클 피어올라 눈물봉오리가 맺히고 만다. 어머니 돌아가실 적 나이로 점점 다가서고 있건만 갈수록 짙어지는 어머니의 모습, 어머니의 빈자리로 가슴에 서러운 감정이 넓어만 간다. 어머님은 철없는 딸이 받을 충격을 염려하여 병세를 비밀로 하라 당부하셨다. 어머니의 고통은 육체적 고통만이 아니었을 것이다. 막내딸 시집가는 모습을 눈에 담아 가지 못한 한스러움에 저승에서도 가슴에 응어리로 남은 채 사실지도 모른다.

회복하실 것이라 믿고만 있었던 내가 어머니의 고통을 어찌 짐작이나 할 수 있었겠는가. 이제야 어머니의 그 마음 헤아려지는데 이미 이 세상에 계시지 않으니 불효자식의 가슴에 그리움으로 남아 있는 것은 아닐까. 내가 유독 봄을 타는 연유는 아마도 어머니에게 못다 한 도리를 갚을 길이 없어서일지도 모른다.

하얀 목련이 하나씩 지던 어느 날이었다. 자식들에게 당부 말씀을 남기시며 인연의 끈을 하나씩 잘라내셨다. 어머님은 평소에 단아하게 빗어 올

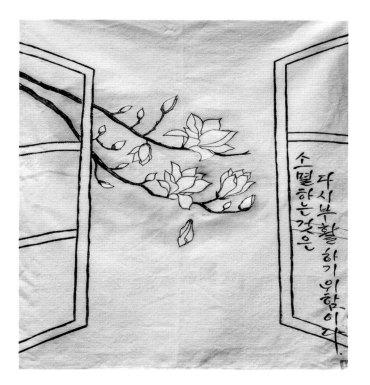

려 머리카락 하나 흐트러지지 않은 올림머리에 한복을 즐겨 입으셨다. 그
고왔던 자태가 점점 허물어지며 이승에서의 삶을 다하고 계셨다. 활짝 핀
목련 꽃잎들이 하나같이 북쪽으로 고개를 숙이고 있던 어느 날, 어머니도
저승 가는 채비를 마치시고 목련 꽃봉오리 따라 북쪽을 향해 누우셨다.

　목련은 피어날 때와 그만 돌아가야 할 때를 아는 꽃이다. 오랜 기다림
끝에 피어나고도 금세 호흡을 거두고 이내 돌아간다. 지난밤 낙화된 꽃잎
들이 저마다 검붉은 상처를 안고 땅 위에 흐드러져 있다. 호흡을 거두지
않는 생명체가 어디에 있으랴. 목련은 연이어 피어날 봄꽃들에게 자신이 받

던 사랑을 양보하고 떠날 줄 아는 겸손한 꽃일 뿐이다.

목련꽃의 떨어짐은 느리고도 무겁다. 죽음을 요구하는 모든 고통을 다 바치고 나서야 비로소 떨어지는 의연함을 보인다. 어머니도 그렇게 세상사 염려를 모두 내려 두고 의연하게 봄바람에 실려 흙이 데리고 가셨다. 으스름한 저녁이었던 기억이다. 목련도 어머니도 소멸하는 시간의 모습으로 종적을 감추어 버렸다. 그래서일까. 순식간에 피었다 스러지는 목련꽃의 향기라도 붙잡아 두고 싶어서 나는 목련꽃 필 때를 놓치지 않는다.

목련은 기도하는 꽃이다. 지난가을의 찬란한 소멸은 거룩한 봄을 맞으려는 간절한 기도였으리라. 하얀 목련이 필 때면 순백의 등불을 켜 들고 막내딸이 살아가는 세상에 혹여 어둠이라도 있는지 왔다 가시는 걸까. 두 손을 합장하여 기도하는 소리가 들려온다. 어머니 목소리다.

"소멸하는 것은 다시 부활하기 위함이다."

그래서 늘 네 곁에 당신이 함께하고 있노라고……

올케언니는 어머니의 당부를 잊지 않고 지금도 친정엄마 자리를 대신하고 있다. 하지만 나이가 더해지고 자식들이 커갈수록 어머니의 빈자리가 더욱 크다. 때때로 버릇없이 구는 나를 나무라시던 어머니 목소리, 또박또박 말대꾸하다 맞았던 어머니의 회초리 한 번만이라도 맞아 보고 싶다.

피천득 선생님은 수필 〈인연〉에서 "그리워하는데도 한 번 만나고는 못 만나게 되기도 하고, 일생을 못 잊으면서도 아니 만나고 살기도 한다."고 했다. 누구나 그리움보다 만남이 더 아름답다고 말할 것이다. 하지만 어머니와 나의 전생의 인연은 가슴속에 묻어 두리라. 마음속에 어머니가 영원히 살아계셔서 그리움이란 꽃으로 피어나기 때문이다.

올해는 텃밭 원두막 옆에 목련꽃 한 그루 심어야겠다. 그래서 먼 후일 하얀 목련이 필 때면 목련꽃 그늘 아래서 어머니와 못다 한 이야기를 글로 담아 전해보리라.

나의 섬

우리는 외로운 섬 하나이다. 그래서 누구나 마음속에 나만의 유토피아를 동경하며 사는지도 모른다. 내가 꿈꾸던 유토피아, 나의 섬은 어디에 있을까. 다다를 수 없는 미지의 섬 나의 섬을 갈망하며 공허함만 더한다.

나는 지금 어디에 존재하고 있는가. 내가 바라는 삶은 무엇인가. 내 안의 나는 누구인가 의문이 드는 날이 있다. 문득 남의 섬에서 방황하고 있는 나를 발견 한다. 현실의 나와 이상의 나는 서로 다른 종족이고 전혀 다른 생명체다. 수평의 세상이 전부여서 고개를 들고 밤하늘의 별을 바라볼 여유조차 없다. 타인이 정해 둔 가치가 최선의 삶이라고 여기며 욕망에 욕망을 더하며 살 뿐이다.

누구나 한 번쯤은 사막 같은 삶 한가운데 불시착하기 마련이다. 어린 왕자도 그랬다. 자신만의 섬을 찾아 헤맸다. 자신의 별을 떠나 다른 행성을 떠돌아다녔다. 그곳에서 자신의 삶이 최고라고 생각하고 타인과 진정한 관계를 맺지 못하는 이상한 어른들을 만났다. 그 '이상한 어른들'은 나의 자화상인지도 모른다. 그동안 내 안에 나는 없었다. 찾으려고 애쓰지도 않았다. 내가 바라는 것이 무엇인지 모른 채 타인이 원하는 삶에 맞추어 살기 급급했다. 명예와 체면, 도리와 의무를 다하며 살면 그것이 가장 바람직한 삶이라고 여겼다.

누구나 자신이 살고 싶은 섬 하나쯤은 품고 산다. 그러나 가끔은 인생의 바다에서 항로를 이탈해 나의 섬을 잃어버리곤 한다. 나 역시 그랬다. 떠도는 섬이었다. 남의 섬, 새로운 섬을 찾아가는 군상들 속에 내가 있었다. 삶의 고통이 전혀 없는 세상을 갈망했다. 환희와 경이로움에 가득 찬 삶을 꿈꾸었다. 그러나 기대와는 달리 어떤 한계도 지워지지 않는 그런 곳은 내 삶의 어디에도 없었다. 현실의 시공간 속에 어느 하나 만족할 만한 곳이 없어 늘 공허한 인간으로 존재하고 있었다. 채워도 금방 비워지는 욕망의 늪에서 벗어나지 못한 채 보이지도 잡히지도 않는 그 무엇 때문에 갈증만 더해가는 삶이었다.

나는 까마득히 잊어버렸던 나의 섬으로 떠나고 싶어지는 날이 있다. 우리는 인생의 바다에 떠 있는 외로운 섬 하나이다. 그 섬에는 파도가 잔잔한 날이 있는가 하면 느닷없이 태풍이 불어오는 날도 있다. 그러면 우리는 밀려오는 파도를 속절없이 받아들이며 바다가 잔잔해지기를 기다려야 한다.

내 삶에 주어진 모든 것을 받아들여 삭히고 녹여 다져져서 생긴 것이 나의 섬이다. 휘몰아 불어왔던 해풍은 내 삶을 정화시켜 나만의 섬을 만들기 위한 스쳐 가는 바람이다. 내 삶의 상념과 내 맘속의 여한까지 담아 다시 빠져나간 바다에 나만의 섬이 있다. 아직 아무도 닿지 못한 섬, 아득한 안개 속에 숨은 나만의 섬이 희미하게 보이는 듯하다.

봄이 겨울과 마지막 실랑이를 하던 무렵이었다. 우연한 기회에 닿은 곳 내 마음이 이끌린 장소였다. 느티나무가 연리목이 되어 만든 그늘이 넓디넓은 품으로 나를 맞이했다. 연꽃 마을 느티나무 아래 나의 섬이었다. 그곳에 은행나무, 개 복숭아, 자두나무가 무심한 듯 서 있었다. 보는 것만으로도 위로가 되었다. 결핍이 주는 편안함과 이끌림이 있는 곳, 무엇인가 빠져 있기에 그것이 주는 이상한 안정감이 나를 행복하게 했다. 팍팍한 일상에서 벗어나 오로지 나만의 시간을 가질 수 있는 나의 섬이었다. K 문우가 세 평 남짓 컨테이너를 선물했다. 금이 간 천정을 메웠다. 외부를 요란하거나 화려하지 않은 은은한 색으로 칠하고, 내부는 장미꽃을 그렸다. 잡초를 뽑아낸 자리에 꽃도 심고, 채소도 가꾸며 빈자리를 하나씩 채워 나갔다.

우리는 외로운 섬 하나이다. 나의 섬은 바다 위에 떠 있는 수많은 섬 중의 하나이다. 내 마음이 머무는 동안만 내가 소유한 나의 섬이고 나만의 유토피아일 뿐이다. 나의 섬은 나의 꿈이고 내 삶이 쉬어 가는 곳이다.

조금씩 마음을 채우듯 나의 섬을 가꾸며 마냥 행복했다. 하지만 그 행복은 그리 오래가지 않았다.

그렇다. 나의 섬은 크고 원대한 세상이 아니다. 지금 내 앞에 펼쳐진 시간 위에 나의 섬은 존재한다. 지나온 날들, 다가오지 않은 까마득한 미래는 나의 섬이 아니다. 순간순간 차오르는 희망과 설렘이 훈풍처럼 부는 곳, 그곳에서 나답게 사는 것이 나의 섬이다.

나는 이제 이상의 유토피아를 내려와 현실의 유토피아로 돌아온다. 하지만 그토록 원하던 나의 섬에 도달하지만, 나의 섬을 비켜 수평선 저 멀리 또 다른 섬으로 떠나고 싶어진다. 나의 섬은 바다 위에 떠 있는 수많은 섬 중의 하나이다. 내 마음이 머무는 동안만 내가 소유한 나의 섬이고 나만의 유토피아일 뿐이다. 나의 섬은 나의 꿈이고 내 삶이 쉬어 가는 곳이다. 아슴아슴하기만 하다. 뭍에서 나의 섬을 갈망한다. 섬과 섬을 이어가다 보면 어딘가에 있을 나의 섬은 삶의 희망이리라.

차심(茶心)

  찻물 따르는 맑은소리가 다관에서 숙우로 이어진다. 스님은 말없이 차만 우려낸다. 주위는 고요하다. 보아도 보이지 않고, 들려도 들리지 않고, 잡아도 잡히지 않는 무욕의 세상이 이러한가. 찻잔을 데우고 찻물을 내리는 과정을 바라보며 스님의 수행 과정이 이러하지 싶다. 몇 번이고 차를 따르고 나눠 합한다. 중생이 가져간 세속의 유혹을 건져내고 헛된 욕망과 찌꺼기를 씻어내는 것일까. 차를 마시지 않아도 그 향이 찻물이 되어 목줄을 타고 육신의 끝자락까지 내려가는 듯하다.

  빈 잔에 차를 다시 붓는다. 뜨거운 찻물이 찻잔의 실금 속을 파고든다. 두 손 모아 찻잔을 들어 올린다. 자디잔 빗금 속으로 찻물이 파르르 돌아 제집처럼 들어앉는다. 찻잔 속에 오롯이 보이는 무수한 빙렬은 인간의 작위로는 도저히 만들어 낼 수 없는 다양한 무늬이다. 제 몸을 풀어낸 맑고 깨끗한 옥빛의 투명한 물빛이 스님의 마음일 것만 같다. 내 마음은 어느새 스님의 차심으로 침전되고 있다.

  스님과 첫 만남은 친정어머니가 돌아가시고 눈물이 채 마르기도 전이었다. 큰오빠는 느닷없이 처남과 처제를 집으로 데리고 왔다. 홀로 자식을 키우던 안사돈이 돌아가시자 어린 남매를 거두기로 한 모양이다. 내가 쓰던 방을 그들에게 내어 주고 2층으로 옮겼다. 올케언니는 언제나 동생들보다 시누인 나를 먼저 챙겼다. 그러나 어머니가 돌아가신 빈자리가 채워지기도 전에 사돈 식구가 들어온 것이 내심 마뜩지 않았다. 아마도 부모님을 대신한 큰오빠의 관심을 나누어 가지는 것이 싫었던 모양이다. 그 당시엔 아무런 내색도 하지 않았다. 그렇게 우리는 어색하고 불편한 채로 오랫동안

한 지붕 두 가족으로 살아갔다.

어느 날부터인가 사돈처녀가 집으로 오지 않았다. 얼마의 시간이 흐른 후 출가 소식을 들었다. 오빠 부부를 따라 스님이 계신다는 경기도 어느 절에 갔던 기억이 난다. 희다 못해 파르스름한 머리와 하얀 고무신에 잿빛 승복 차림의 사돈처녀를 보며 오빠 부부는 억장이 무너지는 슬픔을 감추지 못했다. 올케언니는 눈물을 흘리며 다시 속세로 내려가자고 간곡하게 애원했다. 하지만, 수행 중인 스님은 형제의 반연도 돌아보지 않았다. 오히려 출가를 안타까이 여기는 오빠 부부를 측은지심으로 바라볼 뿐이었다. 그런 스님이 야속하였다.

무엇이 그 여린 가슴에 빙렬을 짙게 그었을까. 스님의 출가는 부모님을 여읜 슬픔에 가난과 배움에 대한 갈증 때문이었으리라. 어린 나이에 공부를 포기하고 직장을 다니던 사돈처녀였다. 대학을 다니던 나는 비슷한 또래인 사돈의 심중은 안중에도 없었다. 늦둥이 막내딸로 자란 탓인지 철부지였다. 오히려 사돈들이 불편하게 여길까 애쓰고 배려하며 살았다고 여겼다. 돌아보니 내 아픔만 보느라 두 남매가 사돈집에 사느라 겪었을 마음의 고통을 헤아리지 못했다. 발뒤꿈치를 들고 2층으로 오르내리던 발소리가 희미한 기억 속에 남아 있다. 그건 아마도 사돈처녀의 마음이었으리라.

스님이 돌아갈 채비를 마친 내게 말했다. '보살님, 제가 사가에서 신세 많이 졌습니다.' 그 순간 차심 깊은 곳에서 배어 나온 찻물처럼 눈물이 고였다. 스님의 마음이 내 마음 깊은 곳을 파고드니 차마 바라볼 수조차 없었다. 성원스님은 떠나는 나를 위해 차를 우렸다. 스님의 삶에 무수히 그어진 상처 속에 나로 인해 생긴 차심도 많았으리라. 차심 깊은 곳에 나의 지난 허물도 있으리라. 하지만 그 허물마저 당신의 일부로 여기며 아픈 금 속으로 찻물을 내리셨다. 나는 모든 것을 내려놓고 무심무욕으로 돌아간 스님 앞에서 한낱 어리석은 중생에 불과했다.

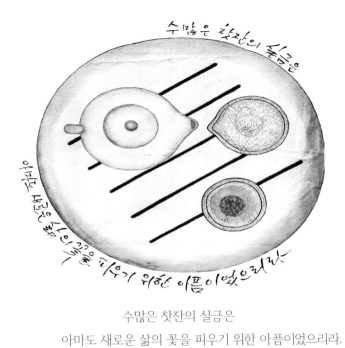

수많은 찻잔의 실금은
아마도 새로운 삶의 꽃을 피우기 위한 아픔이었으리라.

　차심, 흙과 유약이 다투느라 생긴 금이다. 도자기가 열을 받아 팽창(膨脹)했다 열이 식을 때 수축하며 실처럼 생기는 자국이다. 찻잔은 불가마 속에서 제 몸을 불덩이처럼 뜨겁게 달궜다 가마 온도가 내려가면 불기를 삭힌다. 찻잔을 가마에서 꺼내면 도자기는 울음을 운다. '유빙렬(釉氷裂)' 소리다. 안으로 아픔을 삼키느라 내지르는 서러운 소리이고, 산고의 고통을 견디어낸 환희의 탄생이다. 울음을 그친 찻잔 속에서 파르르 실금이 그어진다. 고온 속에서 흩어지지 않고 원래 도자기의 형태를 붙잡기 위한 고통의 흔적이다. 우리의 삶의 과정에도 수많은 빙렬로 차심이 새겨졌을 터이다. 아픔 없는 삶이 어디 있으랴. 절망과 분노로, 원망과 미움의 앙금으로, 때로는 외로움과 서러움으로 균열을 일으켜 각기 다른 삶의 무늬를 새긴다. 그

것이 인간의 마음이자 차심의 마음이 아닐까 싶다.

출가 후에도 스님의 삶에 차심은 끊임없이 이어졌으리라. 배움에 한이 맺혀서일까 수행의 과정에 배움의 길을 더한다. 중학교 검정고시부터 대학원을 마칠 때까지의 고통은 차심을 더욱 깊게 새겼을 터이다. 다판에 올려진 다관과 숙우, 찻잔의 빙렬은 불가마 속의 뜨거움과 고뇌를 다스렸기에 진한 차의 맛을 우려내리라. 뜨거운 찻물이 차심을 파고들면 그릇을 더 단단하게 만들 듯이, 불가의 가르침으로 그어진 차심은 스님의 남은 삶을 단단히 붙잡고 있으리라. 차의 성품을 닮은 스님은 바다가 있는 한적한 거제도 산사에서 차의 향기를 나눈다. 안으로는 겸양지덕을 갖추고 밖으로 베풂의 삶을 실천하신다. 스님은 중생을 위해 부처님의 말씀을 우려내 그들의 차심이 되고 있다.

옛 선인들은 차심을 수행과 같다고 한다. 다인(茶人)들이 차를 덖는 동안 마음의 수행을 하기 때문이다. 불가에서도 차를 달여 마시는 과정 자체를 불교의 수련으로 여긴다고 하니 스님의 수행과정도 차를 통해 다스렸으리라. 찻잔에 차심이 꽃으로 피어난다. 스님 깨달음의 길에 새겨진 수많은 찻잔의 실금은 아마도 새로운 삶의 꽃을 피우기 위한 아픔이었으리라. 차심에 색이 짙어질수록 차의 맛과 향이 더하리라. 스님 삶에 차심도 오랜 시간 마음으로 다스려 아름다운 삶의 빛깔을 우릴 수 있었으리라.

봄에 만든 쑥차 한 잔을 내린다. 찻잎이 우려지며 쑥의 찌꺼기는 남겨두고 향기만 담아낸다. 나도 저렇게 우려지고 걸러질 수 있다면 한 생이 덧없지만은 않으리라. 내 삶에 그어진 차심이 찻잔에 가득하다. 그동안 내면의 나와 현실의 나 사이의 갈등으로 생긴 빙렬로 차심은 더욱더 깊어진다. 흔들리지 않는 삶이 어디 있으랴. 앞으로도 삶의 '유빙렬'은 계속 이어질지 모른다. 그러나 상처도 소중한 무늬가 될 터이다. 내 생의 차심은 더욱더 짙어져 내 삶을 다져 가리라.

기억하는 손

'생각하는 손'이 상상력을 발현한다. '세계 거장의 손'이 빚어낸 작품 앞에 선다. 격렬한 감정과 흥분을 감출 수 없다. 단순히 도자예술의 기능이 아니다. 미적인 표현을 가능하게 하는 매개체가 손이라는 생각에 잡힌다.

세계도자센터 전시장에는 손으로 만들어낸 다양한 창조물이 가득하다. 피터 볼커스의 작품 '펜린'이다. 잘리고 뜯긴 조각과 이어붙인 흔적이다. 균열과 파손, 파편과 조합의 요소를 더해 사색적이며 생동감 넘친다. 마릴린 레빈의 '폐기의 상의'는 가죽 재킷을 흙으로 재현했다. 누군가 오랜 세월 입은 듯하다. 그밖에도 디자이너와 명장의 협업을 이루는 다양한 작품이 손의 기록으로 이곳에 있다.

손은 신체 일부만이 아니다. 어떤 행위를 하기 전에 몸이 미리 준비하는 것은 아닐까 생각이 든다. 작가는 흙으로 작품을 빚기 전에 먼저 눈으로 보고 손으로 준비한다. 분명 손이 기억한 것이다. 손의 혈관을 통해 느껴지는 감각이 손이 기억하는 원동력이 아닐까 싶다.

오늘 하루 내가 가장 많이 사용한 신체 부위는 아마도 손이었을 것이다. 손이 있었기에 우리는 지금의 문명을 이어왔는지 모른다. 인간은 직립 보행을 하면서 자유로운 손으로 도구를 이용했다. 근육은 손의 19개의 뼈와 관절을 움직여 사물을 잡거나 감정을 표현하는 수단으로 사용하기도 한다. 손은 우리가 무언가를 감지하고 그것을 표현하기 위해 필요한 존재다. 사람은 물건을 시각적으로 인식할 때부터 손으로 물건을 잡으려 했다. 엄지손가락과 나머지 네 개의 손가락은 마주 보고 손재간을 부렸다. 그래서 손으로 도구를 만들었고 그 과정에서 두뇌를 사용했다.

일상의 대부분은 손을 통해 소화한다. 하지만 인간은 손을 단순히 머리로부터 전달받은 정보를 처리하는 맹목적인 대상으로 여긴다. 전시장엔 손의 기록, 인간과 서사, 흙과 신체의 교차에 대한 주제로 다양한 작품이 전시되어 있었다. 작품을 감상하며 처음엔 단순한 조형물로만 인식했다. 전시장을 둘러보며 손은 상상력을 현실화시키는 도구가 아니냐는 생각에 이르렀다. 머리만 기억하는 것이 아니다. 손도 기억할 수 있다는 생각의 전환이 더욱더 나를 작품 속으로 빨려들게 했다.

손이 기억하는 세계가 있다. 기억한다는 것은 생각한다는 것이다. 한방꽃차를 배운 적이 있다. 처음엔 꽃차를 덖으며 머리로 따라 하려고 애썼다. 만드는 순서를 놓치지 않으려고 꼼꼼히 기록하고 사진도 찍었다. 그런데 막상 집에 돌아오면 도무지 생각이 나지 않는다. 꽃을 덖으며 수없이 실패했다. 차는 온도가 핵심이다. 결국 손끝의 감각을 익히는 것이 중요했다. 잠시만 손을 멈추거나 한눈을 팔면 찻잎이 타버린다. 찻잎을 덖으면서도 순간순간 불의 세기를 조절하며 찻잎에 딱 맞는 온도를 찾아야 한다. 시간이 흐를수록 내 손은 조금씩 기억하기 시작했다. 손은 애쓰지 않아도 꽃에 따라 덖는 온도를 달리 감지하여 고유의 향을 잡았다.

손이 기억하는 세계는 대부분 무의식의 영역이다. 무심코 행하는 행위 너머에는 의식을 통해 만들어진 무의식의 세계가 존재한다. 종종 현관문 잠금장치의 비밀번호를 잊고 당황하는 적이 있지만, 어느새 손이 저절로 번호를 누르는 것을 발견한다. 컴퓨터 자판을 두드릴 때 글자와 부호를 의식하지 않아도 무의식적으로 글자를 만든다. 자판에 손이 기억하는 세계가 있는 까닭이다. 밥을 먹기 위해 수저를 들고, 글을 쓸 때 펜을 쥔다. 손이 알아서 옷을 내 몸에 입혀 준다. 손은 어떻게 움직일 것인가 의미를 부여하지 않는다. 이미 기억해 둔 것을 생각해 낼 뿐이다.

손이 기억하는 세계가 있다.
무심코 행하는 행위 너머에는 의식을 통해 만들어진
무의식의 세계가 존재한다.

기억이 만든 세계가 우리의 삶이라면 그 기억의 대부분을 사용하는 것은 손을 통해서다. 생각한 것을 현실에 구체화하는 것은 손을 통해서만 가능하다. 어린 시절 비행기를 접어 날리고, 배를 만들어 물에 띄우고, 친구와 공기놀이를 하던 손이었다. 무엇이든 고치시던 아버지의 손이 있었고, 요리와 바느질을 하며 가족을 어루만지던 어머니의 손이 있었다.

손으로 세우려는 삶이 현재의 시간 안에서 꿈틀거린다. 봉사하는 손, 노동자의 손, 예술가의 손, 장인의 손이 그런 손이다. 그러나 문명의 이기로 손이 기억하는 세계가 줄어들고 있다. 영국의 사회학자 리처드 세넷은 '오늘날 현대문명은 스스로 생각하는 손을 잃어버리고 있다.'고 말한다. 손은 사물을 감지하고 자신의 정서를 표현하며, 상상력을 증강한다. 움직이는 것을 넘어 내면의 세계를 외부 세계에 표현하는 역할을 한다. 우리는 그런 손을 잃어버리지 않아야 한다.

　옥상에서 촘촘히 자리 잡은 삶의 자리들을 바라본다. 풍경을 머릿속으로 그린다. 각자의 자리에서 손으로 무언가를 하고 있다. 어느 부부는 짧고 마디진 손끝으로 인생을 다듬고 어루만지며 삶의 결을 만든다. 꼬물꼬물한 아가 손은 무언가를 쥐려고 손짓을 한다. 농부의 손은 씨를 뿌려 생명을 틔운다. 어머니의 손은 자식을 키우느라 바삐 움직인다. 스승의 손길은 희망이 된다. 의사의 손은 생명을 부활시킨다. 모두가 세상을 밝히는 기억의 손이다.

　내 손을 들여다본다. 아기 손처럼 오동통 곱던 손이 세월의 주름으로 가득하다. 하지만 삶의 흔적이 고스란히 담긴 손이 고맙기 그지없다. 앞으로도 겸손한 손이고 자랑스러운 손이 되고 싶다. 누군가를 위해 손뼉 치는 손이고, 타인을 위로하는 따뜻한 손길이고 싶다.

　기억하는 손으로….

차경(借景)

유희(遊戲)의 공간이다. 작가는 '빠고다 가구' 공장을 재생한 건축물에 중국 장가계의 청록산수로 가져온 것인가. 번잡한 일상 속 찾은 놀이가 가산(假山)으로 자리한 것이다. 다양한 나무와 풀, 계곡과 폭포도 보인다. 산속에 친구도 있고 익명의 누구도 있다. 그들이 작은 로프에 의지해 산수 유람을 하고 있다. 그 속에 나 자신을 투영하여 한동안 노닌다. 시공간을 초월한 공간은 바로 이천 미술관이다.

일정이 없는 수요일이면 이천 미술관 카페를 찾는다. 이곳은 확 트인 유리창 너머에서 자연의 풍경을 그대로 담아 올 수 있다. 무엇보다 미술관이 연결되어 좋은 전시회도 볼 수 있어 일거양득이다. 오늘은 『차경(借景)』이란 주제에 이끌려 발길이 미술관 쪽으로 닿는다.

창 너머로 풍경이 제각각 펼쳐진다. 작가는 제월당 정원의 매화나무를 옮겨 놓은 듯싶다. 나뭇결 위에 단청을 칠하고 자개를 붙인 나전칠기 방식이다. 〈결–제월당〉이다. 마치 대청마루에 앉아 고고한 매화를 바라보는 것 같다. 다음 작품은 '경부선'이다. 두 개의 서로 분리된 공간이 다른 매체로 마치 하나의 공간처럼 존재한다. 기차 실내의 창문은 사진으로 찍어 정지된 이미지이고, 창밖 풍경은 영상으로 제작하여 결합한 작품이다. 관람객은 그 열차에 올라 목적지도 모른 채 창밖 풍경에 매료된다. 잠시 그 풍경에 머물렀을 뿐인데 기차를 탄 듯하다. 사람의 인식은 시공간을 빌려 얼마든지 가변적일 수 있다는 생각에 다다른다.

미술관을 나와 카페로 들어선다. 차를 마시며 빌려 온 풍경의 의미를 곱

씹는다. 차경은 '빌려온 풍경'이다. 출입문과 창문은 하나의 액자가 된다. 안에서 밖을 내다보면 그림 같은 풍경이 펼쳐진다. 설봉산 자락이 보이고 바람 따라 흔들리는 소나무 한 그루도 보인다. 차경은 소유권이 없다. 자연의 경치를 잠시 빌리는 것뿐, 현실 속 풍경을 모티브로 상상력을 더한 것이다. 차경은 현실과 가상의 모호한 경계를 넘는다. 모든 삶의 구속에서 탈피하는 정점이고, 자신의 사유가 극대화된 곳이다.

선인은 차경을 중요하게 사용했다. 한옥의 창과 문을 액자처럼 활용하여 밖의 경치를 감상했다. 조선 시대 유학자 희재 이언적이 계곡 깊숙한 곳에 지은 집, 독락당의 살창은 내가 보았던 멋진 차경 중 하나이다. 사랑채에서 정면으로 보이는 외벽에 담을 뚫고 창을 설치하여 경치를 담았다. 아마도 이언적은 독락당 옆으로 흐르는 계곡의 경치를 빌려와 걱정과 근심을 씻고, 마음을 다스리는 통로로 여기고 싶었던 것은 아닐까 싶다.

한옥의 정원에서도 '차경'이라는 요소를 매우 중히 여겼다. 소쇄원과 담양의 명옥헌의 풍경이 그것이다. 집안만이 아니라 담 너머 무한의 차경을 사용한 흔적이 있다. 선비들의 시선은 담장을 넘어 풀숲을 가로지른다. 동구 밖 산 너머까지도 정원의 개념에 포함해 경물이 되게 하는 지혜에 감탄하지 않을 수 없다.

내 앞에 여덟 폭 병풍처럼 산수화가 펼쳐진다. 현실의 경계를 넘어선다. 창 너머 사방이 온통 푸르른 수목이다. 카페는 한쪽 벽면을 제외하고 천정까지 유리로 덮여 있다. 맑은 하늘도, 새털구름도, 날아다니는 새와 곤충들도, 얼마든지 빌려 올 수 있는 공간이다. 창가 블라인드 사이로 풍경이 새어 나온다. 마치 대나무 숲 너머 보이는 보일 듯 말 듯 한 경관과 흡사하다. 옛 선비들에게 대나무 숲은 사색의 공간이다. 주변의 경관을 차단하고 생각도 차단하여 오로지 내가 데려오고 싶은 경치만 빌려 오는 곳이다. 나도 블라인드 틈 사이로 풍경을 데려온다. 소나무 옆 파라솔 벤치, 그 너머

내가 빌려 온 경관에 따라
내 마음에 걸린 액자의 풍경은 다르다.
행복의 질이 다르고 삶의 풍요로움도 다르게 다가온다.

월전 선생을 기려 달의 형상을 본떠 만든 광장이 근경으로 들어온다. 저 멀리 사방으로 둘러쳐진 설봉산의 허리는 어디로 베어 나간 것일까. 산봉우리만 살짝 고개를 내밀고 있다.

우리는 왜 풍경을 빌려 오는 것일까. 인간은 누구나 머물고 싶은 곳이 있다. 그래서 현실 벗어나고자 늘 대안의 세계를 꿈꾸며 사는지 모른다. 옛 선인들도 자신이 꿈꾸던 이상향을 산수화로 그렸으리라. 소상팔경은 빼어난 절경을 데려오고, 무이구곡(武夷九曲)은 현인이 노닐던 중국 무이산 아홉 굽이의 자연경관을 빌려 온다. 또한 도연명의 무릉도원도 현실에 존재하지 않는 '도원(桃源)'이라는 낙원을 차경한다. 꿈에서라도 내 마음의 안식처에 닿고자 자연에서 빌려온다. 그러니 차경은 마음의 눈으로 그린 것이라 여겨도 무리가 아닐 듯싶다.

나의 시야를 카페 내부 공간의 창틀에 한정된 프레임으로 제한한다. 그리고 한 편의 산수화를 그린다. 미술관 카페가 산속의 정자가 된다. 그곳에 앉아 차를 마시고 글을 쓰며 내면의 세계로 빠져든다. 카페 안에 흐르는 클래식 음악은 퉁소 소리가 되고, 에어컨에서 품어 나오는 바람은 심심산골에서 만날 수 있는 바람이 되어 온몸을 휘감는다. 이내 무릉도원에 머무는 듯하다. 카페 창밖의 높고 낮은 곳의 경물도 차경한다. 늘 푸른 소나무, 치맛자락처럼 펼쳐진 설봉산, 무심한 듯 흐르는 구름, 그 위를 나는 새 몇 마리, 그리고 설봉호수에서 노니는 물고기까지 모두 빌려온다. 잠시나마 빌려 온 풍경으로도 마음을 담고 비우기도 하니 아마도 차경은 나를 담은 그릇인지도 모른다.

우리네 인생도 빌려온 생명이지 않던가. 내 것이라고는 보이지 않는 영혼뿐이다. 생명이 끝나면 다 두고 갈 뿐 모두 빌려 쓰는 인생이다. 생명의 시작도 어미의 자궁을 빌려 태어난다. 초록의 향연을 누리고 맑은 공기와 물을 마시는 것도 대자연을 빌려 쓰는 것이다. 누군가의 도움을 받으면 배려를 빌려 쓰는 것이고, 타인에게 따뜻한 말을 건네받으면 사랑을 빌려 쓰는 것이다. 결국 차경처럼 빚진 생으로 공생 공존하며 행복을 영위하는지 모른다.

그러하다. 내가 빌려 온 경관에 따라 내 마음에 걸린 액자의 풍경은 다르다. 행복의 질이 다르고 삶의 풍요로움도 다르게 다가온다. 잠시나마 차경으로 복잡한 삶의 굴레를 벗어난다. 일상의 안식을 누릴 삶의 이상향의 풍경을 빌려와 즐겁다면 그 또한 행복이 아닌가. 분주한 삶도, 현실의 쓸모없는 욕심도 차경으로 충분히 내 삶의 에너지가 될 터이다.

고미화

'삶' 이란 꽃의 향기

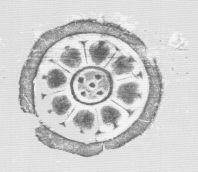

2018년 〈한국수필〉 등단
한국수필가협회, 한국수필작가회, 충북수필문학회 회원
무심수필문학회 사무국장, 충북대 수필문학상 우수상
충북일보 2024년 (아침을 열며) 필진
플로리스트

작가의 말

30여 년 꽃길을 걸었다.
플로리스트로서의 발자국에 아쉬움만 있는 것은 아니지만
가지 않은 길에 대한 미련이 늘 발목을 간지럽혔다.
뒤늦게 들어선 글쓰기가
내 어릴 적 꿈과 맞닿아 있다는 것을 알았다.
먼 길 돌아 마주한 문학의 뜰은 삶의 향취를 더해 주었다.
미흡한 글이지만
누군가의 고단한 삶에 잠시의 휴식을 주는
은은한 향기로 스며들 수 있기를 감히 소망해 본다.

바닥짐

'바닥짐'이라는 말이 있다고 한다. 오래전부터 바다를 항해하던 배들이 짐을 실을 때 배의 맨 밑바닥, 즉 선복(船腹)에 싣는 짐을 일컫는다. 선채의 중심인 뱃바닥이 무거워야 배가 회전하거나 풍랑에 기울다가도 곧 복원력을 갖기 때문이라고 한다. 그래서 오늘날에도 빈 배로 출항할 때는 선박 평형수(ballast water)를 싣는다고 한다.

며칠 전 어느 후배가 건넨 말 한마디가 가슴에 스며들지 않고 뇌리를 맴돌았다. 마치 손에 박힌 작은 가시처럼 신경 쓰였다. 그의 말 속에 담긴 관심과 배려를 알면서도, 엉겁결에 듣게 된 그의 한마디는 잔잔한 호수에 날아든 돌이 되었다. 체화되지 못한 언어의 파장이 나를 미묘한 감정 속으로 몰아넣었다. 우리 부부가 친동생처럼 여기는 후배이기에 더욱 마음이 불편했다.

후배와의 관계성을 의식해 농담으로 받아넘겼지만, 속이 좁은 마음엔 작은 멍이 들었다. 상처 난 자존심의 회복을 벼르던 소심한 내 보복의 화살은 애매한 남편에게 날아갔다. 의연함이란 포장지로 애써 싸놓은 언어의 파편들이 남편 앞에서 그만 풀어져 버렸다. 두서없는 사설은 휘두르기 좋은 무기가 되어 목적도 없이 날아다녔다. 하지만 긍정적인 성품을 타고난 남편이 아끼는 후배에 대한 나의 부정적인 언사에 동조할 리 만무하다. 과녁을 향해 날아가던 화살은 목표물에 닿기도 전에 힘없이 떨어지고 말았다. 뒤이어 능숙하게 흩어진 잔해를 치우는 남편의 훈수가 이어진다.

"이왕이면 긍정적으로 받아들이고 자신에게 이로운 쪽으로 생각해야지 왜 스스로를 학대하는 거야."

가벼운 책망을 담은 안타까운 시선이 내게로 돌아왔다.

늘 그렇듯이 성인군자 같은 남편의 일침은 의기소침해 있는 나를 더욱 초라하게 만들었다. 그의 말이 틀리지 않고 합리적이라는 것을 알면서도, 언제나 조건 없이 내 편이어야 할 배우자에게 외면당한 여심(女心)은 공연한 외로움을 느꼈다. 옹졸한 마음은 벌써 궤도를 이탈해 엇나가고 있었다. 무르고 여린 여자 마음을 섬세하게 봐주지 못하는 남편의 태도가 못내 섭섭하기만 했다.

당사자가 있는 것도 아닌데 거짓이라도 좋으니 풀죽은 아이 응원해주듯이 한 번쯤 내 얘기에 맞장구를 쳐주면 좋을 텐데….

융통성 없는 남편의 태도가 야속하기까지 했다.

이럴 때 우스갯소리로 남편을 '남의 편'이라고 하던가? 누군가를 비난하는 소리엔 결코 귀를 열지 않는 사람이라는 것을 알기에, 바닥짐이 가벼운 내 멘탈(mental)의 배는 또다시 파도에 흔들렸다. 그 후배에게 실망한 몫까지 더해 남편에게 서운함과 원망을 쏟아붓고는 빈방으로 들어가 시위하듯 고립을 자처했다. 그런데 공교롭게도 다음 날은 우리 부부가 진행을 맡은 행사가 있는 날이다. 가톨릭의 한 단체로서 행복한 결혼생활을 위해 현명한 부부 대화를 지향하는 범세계적 부부 일치 모임이다. 전날의 여파가 남긴 부스러기들로 인해 어질러진 마음밭이 부담스러웠다. 불편한 심기를 감춘 채 태연하게 사회를 볼 자신이 없었다. 궁리 중에 마침 적당한 시 한편이 떠올라 남편에게 들려주었다.

남편을 쓰랬더니
또박또박
나편이라고

바르게 틀렸다

남편을 써보라니까요
다시 말해도
어떻게 영감님을 남의 편이냐고 하냐며
그건 잘못된 말이라고
끝까지 나편이란다

- 이대흠, 시 「남편과 나편」 부분

읊어주는 시를 들으며 조용히 미소 짓는 남편에게 물었다.
"충분한 사과가 되었나요?"
그런데 남편의 뜻밖의 응수에 나는 그만 폭소를 터뜨리고 말았다.
"사과가 아니라 배가 되었습니다."
순간 바닥짐이 가벼운 나의 배는 또다시 유쾌하게 흔들리고 있었다. 세월의 흐름 따라 나이가 드는 것처럼 수양이 저절로 쌓이는 건 아닐 텐데, 때때로 흔들리는 내 가벼운 배는 언제쯤이면 제대로 된 적당한 짐을 실을 수 있을는지….
사람의 마음에도 적당한 바닥짐은 필요할 것이다. 급변하는 세파 속에서 다양한 가치관을 지닌 사람들과 발맞추어 살아가다 보면, 같은 상황에서도 서로 다른 관점으로 상충하게 되는 경우가 있다. 마음의 바닥짐이 부족한 나는 간혹 사람들과의 관계 속에서 부딪히면 강풍을 만난 배처럼 흔들린다. 요동치는 마음이 제자리를 찾아 돌아오는 데 시간이 걸리곤 한다. 내면의 바닥짐이 가벼운 탓이다.
마음의 배에는 어떤 바닥짐을 실어야 할까? 혹 설익은 말도 능숙하게 받아 익혀낼 줄 아는 아량이면 좋겠다. 내 사고(思考)의 사각지대를 인정하는

바닥짐….
가볍지도 무겁지도 않은
지혜의 무게

지혜도 필요하겠다. 먼 옛날 배에 실을 바닥짐이 없을 때에는 모래나 자갈을 실어 안전한 항해를 했다는 선인들의 지혜를 되새겨 볼 일이다.

'소금처럼 짠 쓰라린 말도 지긋하게 어루만지면 정금이 될 수 있다.'는 어느 시인의 말을 내 가벼운 내면의 밑바닥에 담아 본다.

하늘빛을 담으려면

인색한 겨울 햇살에 단단히 빗장을 걸어 잠갔던 호수가 드디어 맑은 하늘을 비치기 시작했다. 겨우내 계속되는 한파에 꽁꽁 얼어있던 호수였다. 계절의 추가 봄 쪽으로 기울기 시작하자 호수의 표정이 다양해졌다.

밤과 낮 얼었다가 녹기를 반복하며 결이 다른 무늬를 그리더니, 초봄에 들어서자 마침내 푸른 하늘을 산책하는 하얀 뭉게구름까지 온전히 담아내고 있는 것이다. 지난 늦가을까지만 해도 녹슨 청동거울처럼 짙은 녹색 낯빛으로 좀처럼 맑아질 기미가 보이지 않던 호수였다. 그런데 오늘은 길게 늘어뜨린 능수버들과 곧게 뻗은 플라타너스나무의 실루엣까지 놓치지 않는다. 아팠던 아이가 자리를 털고 일어나는 것을 보는 것처럼 반갑고 대견하다.

언제부터인지 출근하면 습관처럼 호수 물빛을 살피는 것으로 일과를 시작하고 있었다. 짙푸른 녹색 얼굴을 마주할 때면 왠지 내 마음의 빛을 보는 것 같아 기분이 가라앉았다. 막연한 기다림이 시작된 것은 그때부터였으리라. 비록 자정능력이 없는 인공호수라지만 시간의 힘이라도 빌린다면 언젠가는 투명한 얼굴을 볼 수 있지 않을까 하는 기대감으로, 호수 물빛과 내 마음의 채도를 동일시하며 응원의 눈길을 보내곤 했다.

지난여름 내렸던 장맛비는 유난스러웠다. 세찬 폭우를 무방비 상태로 받아든 저 작은 호수는 불어난 몸을 끌어안고 몸부림치고 있었다.

안온하던 내 삶의 뜨락에도 먹구름이 드리워지고 매서운 비바람이 몰아쳤다. 뜻하지 않게 맞닥뜨린 현실이 낯설기만 했다. 뿌리째 뽑힌 나무처럼 한동안 마음을 가누기가 힘들었다. 적지 않은 경제적 상실감이 혼란스러웠지만, 보다 더 견디기 힘들었던 것은 신뢰를 저버린 사람에 대한 배신감이었다. 금전적인 손실은 회복 가능성이라는 희망을 기대할 수 있지만, 오랜 인연이 남긴 상처는 깊은 암흑 속에 빠진 것처럼 절망감을 느끼게 했다. 의연함으로 가려진 가장의 고통을 보면서 붉은 황톳물을 토해내는 호수가 어서 안정을 찾고 본래의 모습으로 돌아오기를 기다려야만 했다.

슬픔도 지극해진 후에야 비로소 슬픔을 넘어설 수 있다고 했던가. 종기의 고름도 가득 차야 터뜨려 깨끗하게 짜낼 수 있듯이…

소극적인 내 바람이 저 혼탁한 수심 아래까지 닿기엔 역부족이었는지 가을이 와도 맑은 호수의 얼굴은 요원하기만 했다. 어쩌면 저 호수는 영원히 맑아질 수 없는 운명을 받아들이고 있는지도 모르겠다는 생각을 하면서도 기대의 끈은 놓고 싶지 않았다.

언젠가 저 호수의 몸속 일부를 잠시 들여다 볼 기회가 있었다. 운동 겸 산책을 목적으로 호수 주변을 걷다가 호수 위에 만들어 놓은 나무 잔도를 따라 들어갔을 때였다. 물속으로 과자를 던져주지 말라는 안내문이 붙어있는데도 불구하고 사람들은 물고기를 보기 위해 호수 위로 손을 뻗었다. 과자가 수면에 떨어질 때마다 잉어 떼가 몰려들었다. 크고 작은 물고기들이 먹이를 쟁취하기 위해 눈이 튀어나올 듯이 덤벼들었다. 그것은 그동안 내가 가지고 있던 예쁜 물고기에 대한 환상을 여지없이 무너뜨려 버렸다. 물속이 환히 비치는 연못에서 고고한 자태로 물결무늬를 그리며 노닐던 물속 화가들의 모습은 찾을 수 없었다.

내 기억 속 어느 한 페이지엔 호수에 대한 강한 이미지 사진이 한 장 들어 있다. 어느 해 늦여름 무심히 나선 드라이브 길이 좌구산 근처까지 가게 되었다. 입구에 있는 호숫가 산책로를 따라 걷는데 파란 하늘 마당이 눈에 들어왔다. 맑고 고요한 호수가 파란 하늘을 선물처럼 펼쳐놓고 있었다. 잔잔한 그 품으로 고고히 유영하는 하얀 뭉게구름까지 여유롭게 감싸 안았다. 한산한 오후 시간 눈 앞에 펼쳐진 그곳은 마치 조물주가 감춰 놓은 보물찾기 쪽지 중 하나처럼 여겨졌다. 누구든 쉽게 찾을 수 있도록 준비해 둔 선물이었다. 은빛 윤슬 아래 여유롭게 움직이는 작은 물고기의 몸놀림까지 비치기 위해 호수는 어떤 시간을 지나왔을까?

태생적인 혜택을 입은 그 호수는 좌구산 골짜기에서 흘러들어오는 맑은 물에 힘입어 잉여의 상념들을 흘려보냈으리라. 가장자리 얕은 수심을 후벼 파는 굵은 빗줄기도 고스란히 받아 스스로를 다독이고 진정시킨 후에야 비로소 그렇게 맑은 얼굴로 하늘빛을 온전히 담을 수 있었으리라.

사람의 마음도 크게 다르지 않을 것이다. 고운 풍경을 내 안에서 비치려면 내면의 물이 맑아야 한다. 맑고 고요한 수면에 파란 하늘빛이 담겨 평화로운 마음을 소유할 수 있을 것이다. 세속의 영향권을 벗어날 수 없는 우리는 갑자기 휘몰아치는 태풍에서 자유로울 수 없다. 혼탁해진 내면의 물빛을 정화시키려면 흘려보내는 지혜가 필요하다. 예고 없이 들어 온 불순물들이 흘러나갈 수 있도록 마음의 수문을 적절히 여닫으며 침전시킬 수 있는 훈련이 나에게도 필요한 과제였던 것이다.

저녁 식사 시간이 다가오는지 사람들의 발걸음이 뜸하다. 익숙한 산책로를 오랜만에 걸어본다. 저녁 어스름이 내려와 동행을 자처한다. 하나둘 켜지는 네온사인이 호수에 담기기 시작했다. 이제 곧 밤이 오면 어둠이 지닌 고유의 손길로 호수의 내밀한 상심을 다독이리라.

볼을 스치고 지나가는 미풍이 하루 일과로 쌓인 무게를 살며시 덜어 간다. 가벼운 마음이 발끝에 닿는다. 내일이면 이 호수도 조금은 더 환한 얼굴로 하늘을 반기리라는 기대를 해본다.

무심히 바라본 하늘엔 환한 인공 빛에 밀려난 별들이 묵묵히 본연의 모습으로 미소 짓고 있다.

하늘빛을 담으려면….

한 마디의 말이 마음의 문을 열어젖힌다.
무한한 시공간을
넘나들게 하는 말의 힘

말 한마디에서

　언어의 여운은 길이가 얼마나 될까? 짧은 말마디는 얼마만큼의 풍경을 담을 수 있을까? 낯선 이가 건넨 가벼운 인사가 오랜 울림을 준다. 그의 언어는 시(詩)처럼 다가왔다. 순수한 어감이 내 안에 잔잔한 파문을 일으켰다. 통속적인 한 마디가 빛바랜 앨범 속의 흑백사진처럼 아련한 정경을 떠올려 놓았다. 평범한 일상 용어의 그 무엇이 나를 타임머신에 앉혀 놓았을까?

　어느 해 이른 봄 친구와 함께 태안에 갔을 때였다. SNS에서 발견한 장소를 찾아가는 길이었다. 작은 어촌 마을이 고적했다. 침식과 풍화작용으로 불완전한 해안 길은 끊겼다가 이어지기도 했다. 바닷바람이 조금 거칠었다. 해풍을 달래듯이 봄볕은 제법 따사로웠다.

　물이 빠진 갯벌에서는 봄의 기척이 느껴졌다. '탁 탁 톡 톡…' 꽃망울이 터지듯 여린 음률이 봄을 알리는 서곡처럼 감미롭게 들렸다. 조용히 퍼지는 소리에 기지개를 켜는 작은 생명체들이 보이는 듯했다. 포근한 햇살의 간지럽힘에 부스스 일어나는 모습을 상상하니, 쓸쓸하던 해안가에 생기가 감돌았다.

　고즈넉한 정취를 감상하며 걷는데 앞에서 인기척이 느껴졌다. 길과 길섶의 경계가 모호한 곳에 사람들이 둘러앉아 있었다. 차림새로 보아 근처에서 작업을 하던 인부들 같았다. 인적이 뜸해서인지 길바닥에서 식사를 하는 중이었다. 우리가 발길을 돌리지 않는다면, 의도치 않게 그들의 식사를 방해하는 결례를 범하게 되었다. 지나가도 괜찮다면서 한두 분이 자리를 비켜 앉았다. 미안한 마음에 고개를 숙이자 펼쳐진 도시락들이 눈에 들어왔다.

소박한 음식이 아기자기하게 담겨있었다. 가족의 마음과 손길이 담긴 찬선이 한눈에 보였다. 고된 노동을 달래줄 소찬에서 경건함이 느껴졌다. 조심스럽게 그들 곁을 지나려는 순간 담백한 어조의 인사말이 들렸다.

"식사 좀 하세요."

익숙하고도 낯선 인사였다. 음식점이 즐비한 관광지에서 호객하는 음성이 아니었다. 몸에 밴 습성처럼 자연스러운 권유였다. 예사로운 말이 신선하게 다가왔다. 새벽녘 여명을 밝히는 교회 종소리처럼 정결한 소리가 내 안에 여울졌다. 순박한 말씨가 아득한 추억 속으로 나를 이끌었다.

유년시절의 식사 문화는 요즘과 달랐다. 건강을 위해 맛과 영양의 균형을 이룬 식단과는 거리가 멀었다. 음식은 끼니를 해결하는 목적이 우선이었다. 어른들이 주고받는 인사도 주로 '식사하셨어요?'였다. 어려운 시대를 건너오면서 궁핍을 겪었던 세대는 서로의 끼니를 염려하며 인정을 나누었다. 용무가 있거나 마실을 나가더라도 밥때를 피하는 것이 예의였다. 또한 끼니 때 찾아온 손님에게 식사를 대접하는 것은 당연한 미덕이었다. 특별한 메뉴가 아니어도 별식이라 여기면 위 아랫집과 나누며 정을 돈독히 했다.

칠 남매를 두신 할머니는 막내아들인 작은아버지와 함께 고향을 지키며 사셨다. 넉넉지 않은 살림으로 집안을 이끄셨던 할머니는 식사 준비를 하는 숙모에게 여분의 밥을 당부하시곤 했다. 객지에 나가 있는 자식들이 배를 곯지 않기를 바라는 염원과, 행여 기별 없이 집에 오는 식솔들을 위한 예비였으리라. 그렇게 남은 밥은 불쑥 찾아온 행상에게 요긴한 식사가 되었다. 때로는 대충 끼니를 때우고 나온 기미가 역력한 혼자 계신 어른의 몫이 되기도 했다.

어느 저녁 무렵이었다. 작은어머니는 부엌 천장에 매달려있는 석작(가는 대오리를 걸어 만든 네모꼴 상자)에서 미리 끓여 놓은 보리쌀을 가마솥에 넣으셨다.

"보리쌀을 더 씻어서 끓여야 할까?"

양이 부족한 듯 잠시 망설이시던 숙모는 그대로 밥을 안쳤다. 할머니를 위해 한 움큼의 흰쌀이 가마솥에 넣어졌다. 나는 아궁이에 불을 지피는 것으로 일손을 도왔다. 대청마루에 상이 차려지고 식구들이 밥상에 앉았다. 그때 한 여인이 보따리를 머리에 인 채 마당으로 들어섰다. 나도 모르게 숙모에게로 먼저 눈길이 갔다. 솥에 남아 있는 건 숭늉이 전부였다. 늘 그렇듯이 할머니는 식사부터 권하셨다. 내심 그 여인이 끼니를 해결했기를 바랐다. '요기는 했으니 물이나 좀 달라'는 여인의 대답을 할머니께서 곧이들을 리 만무했다. 잠시 당황한 기색을 보이시던 숙모는 자리를 내어 주고 부엌으로 가셨다. 할머니께서는 조용히 내게 물으시더니 아랫집에 혹시 남은 밥이 있는지 다녀오라고 이르셨다. 추억이란 책갈피에 간직된 저녁 어스름의 한 풍경이다.

부족한 생활 형편을 넉넉한 마음으로 채웠던 그 시절, 상대방의 처지를 헤아리고 배려했던 어른들의 모습을 떠올리면 마음이 따뜻해진다. 궁핍했던 시절이 훈훈하게 기억되는 것은 '인정人情'때문이리라. 사람이 본디 지닌 감정이나 심정이 인정이라니, 인간의 고유한 품성이다. 타인의 짧은 인사가 긴 여운으로 남아 있는 것도 말씨에 배어 있는 인정의 기미 때문이리라.

새로운 문화와 언어의 풍요 속에서 오늘이란 길을 걷고 있다. 편의와 새로움을 좇는 삶 속에서 놓치는 것은 없는지, 소중한 가치를 망각한 채 시류에 휩쓸려 흘러가고 있는 건 아닌지 잠시 걸음을 멈추어 본다.

길에서 마주한 인문학, 말 한마디의 향취가 짙다.

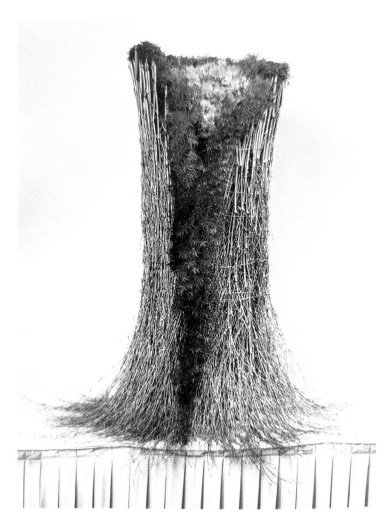

때로
지친 영혼이 상하지 않는 건
우리 삶에 스며있는
소금 향기 덕분일지도….

소금 향기

'비밀입니다. 그동안 수고하신 간병인에게 전해 주십시오.'

또다시 천사의 메시지를 받았다. 경추 골절로 입원하셨던 아버님이 퇴원하시는 날이다. 아버님이 병원에 계시는 동안 가족들은 모두 각각의 사정으로 시간이 여의치 않았다. 형제들과 의논 끝에 간병인의 도움을 받기로 했다. 만만치 않은 병원비와 24시간 간병 비용을 형제들이 나누어 부담하고 있었는데, 그분은 또 별도의 사례금을 보낸 것이다.

그분을 뵐 때면 들꽃을 보는 것처럼 마음이 맑아진다. 드러내지 않고 조용히 이어지는 선행이 주변을 환하게 밝힌다. 서울에 계시지만 아랫녘이 고향이신 그분에게서는 늘 소금 향기가 난다. 나는 때때로 수혜자가 되어 혜택을 누리면서도 변변한 답례도 못 한 채 살고 있다.

오래전 어느 해였다. 고향 다녀오는 길에 들르셨다면서 무거운 소금 한 자루를 들고 오셨다. 찐득찐득한 염수가 떨어지는 커다란 마대자루를 보면서 내심 성가신 생각이 들었다. '굵은 소금을 쓸 일이 많지도 않은데, 간수도 덜 빠진 많은 소금을 어떻게 보관해야 하나, 하는 생각이 앞서서였다. 그런데 선견지명이셨을까? 몇 달 후 일본 후쿠시마 원전이 폭발했다. 사고의 여파가 우리나라 해역에까지 미쳤다. 곧 국내산 천일염은 품귀 현상까지 빚어졌다. 존재의 가치를 망각한 채 무심하게 소비했던 소금이 더없이 귀하게 여겨졌다. 소금 항아리를 열 때마다 고마운 마음이 새록새록 올라왔다.

공기업에서 오랫동안 근무하다가 정년퇴임을 하신 그분에게는 우리 집이 처가(妻家)이다. 부지런하고 성실한 생활이 몸에 밴 그분은 가끔씩 다녀가

실 때마다 가만히 계시지 않는다. 식사 준비를 하느라 분주히 움직이다 보면 어느새 그분 손에는 분무기가 들려있다. 생기 잃은 식물들 잎이 윤기를 되찾고 미처 내 손길이 미치지 않은 곳에 숨었던 묵은 먼지들이 쫓겨나곤 한다. 처음엔 그런 그분의 행동이 민망하고 당혹스러웠다. 왠지 서툰 살림 솜씨를 들킨 것 같고, 치부를 들춰내는 것만 같아 부끄러웠다. 하지만 한결같은 그분의 인정과 사려 깊은 마음을 알고 난 뒤부터는 자연스럽게 받아들이게 되었다.

몇 년 전 우리 부부는 혼인 30주년 기념으로 유럽여행을 계획했다. 어렵사리 일정을 맞춰 아이들까지 네 식구가 함께 다녀오기로 했다. 서유럽 4개국을 돌아보는 코스로 스케줄을 짰다. 숙소와 렌터카를 예약하고 항공권까지 준비를 마쳤는데 예기치 않은 상황이 벌어졌다.

가까운 병원에서 담석 제거 시술을 하시던 아버님이 삼성의료원으로 입원을 하시게 됐다. 여행을 포기하려고 보니 항공권 등 페널티 액수가 만만치 않았다. 남편은 자신이 아버님 곁에 있을 테니 아이들과 셋이 다녀오라고 했다. 하지만 이번 여정은 꼭 남편과 함께 가고 싶었다. 그동안 아이들과 나는 남편의 배려로 유럽여행을 몇 차례 다녀온 적이 있다. 그러나 사업 때문에 장기간 자리를 비우기 어려웠던 남편에게 온전한 유럽여행은 이번이 처음이다. 이래저래 불편한 마음으로 갈등하는 우리에게 그분은 또다시 흑기사를 자처했다. 다 같은 자식이니 사위 노릇을 할 기회를 달라는 핑계로 남편 등을 떠밀었다.

오늘 모처럼 방문하신 그분은 손수 제작한 숫돌을 들고 오셨다. 무뎌진 칼이나 가위를 꺼내 놓으라고 하신다. 오랜만에 만난 남편과 시누이의 정담 사이로 소금꽃이 피어나는 소리가 들려왔다. 숫돌에 부딪히는 금속성에서 하얀 결정체가 쏟아지는 듯했다. 세심한 손놀림에서 피어난 순백의 꽃송이가 햇살에 반짝이듯 주위가 환해진다. 작은 알갱이 하나하나에 담겼던 갯내음이 집안을 가득 채웠다. 무수한 바다 향기가 생기롭게 다가와 충만함을 안긴다.

소금은 겸손한 성질을 지녔다. 유기물 속에 겸허히 스며들어 자신을 드러내지 않는다. 욕심 없이 자취를 감추고도 오롯하게 존재한다. 그 무엇과도 일치할 수 있지만 주인 행세를 하지 않는다. 맞닿은 존재가 고유성을 잃지 않도록 이타심을 발휘한다. 그렇게 변형 속에서도 본연(本然)을 간직할 수 있다고 다독인다.

올해 고희를 맞이하신 그분의 삶을 돌이켜 보니 지나온 발자취에 소금 향기가 가득하다. 평범한 일상 안에서 걸어온 이타적인 발걸음이 주변을 환하게 밝히고 있다.

남편의 둘째 매형이 되시는 그분은 우리 가정에도 빛과 소금으로 자리하셨다. 덕분에 가끔 질퍽해지는 내 삶의 뜨락에 볕이 든다. 세태의 오염물이 튄 영혼의 상처가 말끔해지곤 한다.

지나온 시간의 그리움은
빈곤한 내면에 포만감으로 자리하고
오늘의 나는
미래의 그리움 한가운데 있다.

노을 앞에서

'그리움'이라는 명사에 색채를 입힌다면 주저하지 않고 오렌지색 물감을 먼저 집어 들겠다. 으깨진 홍시 같은 주홍색에 노랑색과 청색, 보라색을 곁들여 다채로운 노을빛으로 표현할 것이다.

해 질 녘이다. 하루 중 가장 좋아하는 시간이다. 고운 노을을 마주하고 서쪽을 향해 달리자니, 아련한 향수가 한 오라기 연기처럼 피어올라 가슴을 채운다. 질주했던 태양이 숨 고르기를 하는 시간, 일각일각 변하는 노을 앞에 서면 쓸쓸하고도 차분한 서정에 마음이 느슨해진다. 가슴속을 허허롭게 넘나들던 까닭 모를 파고도 그 품에 기대면 포근한 이불처럼 따뜻하다.

수원에 계시던 친정어머니께서 세종시로 이사를 하셨다. 어머니가 가까이 오신 것도 좋지만, 노을 바라기를 좋아하는 내게 해거름에 친정으로 향하는 길은 묘한 감흥을 불러일으킨다. 내 그리움의 시원과 원적을 동시에 마주하는 시간이 주는 행복감 같은 것이다. 유년시절을 보내며 겪은 성장통에는 '그리움'이라는 무늬가 짙게 배어있다.

어른들의 세계를 온전히 이해할 수 없는 나이에 부모님과 떨어져 산다는 것은 커다란 결핍이었다. 친구들과 놀다가 할머니의 부르심을 듣고 집으로 돌아갈 때의 노을빛은 처연하게 고왔다. 붉은 노을빛을 따라가면 아득한 지평선 너머 어딘가엔 꿈꾸던 세상이 펼쳐질 것만 같았다. 노을은 그리움의 잔영이 되고 꿈을 갖게 했다.

내 그리움의 무늬는 다채롭다. 새벽녘 등잔불 아래서 바느질을 하시던 할머니의 모습도, 어린 동생을 등에 업고 신작로에서 버스를 타시던 어머니의 모습도 아릿하게 기억된다.

석양이 빚어내는 노을은 우리의 모습 같다. 닮은 얼굴, 비슷한 표정은 있을지언정 어느 하루도 똑같은 날은 없다. 늦여름이나 초가을 맑은 날의 강렬하고 붉은 노을도 좋지만, 잔불이 남아 있는 아궁이 속처럼 은은한 온기가 느껴지는 2월의 유순한 노을빛도 좋다.

가까운 친구가 이런 말을 했다. '그리움은 원치 않은 잃음의 반영이다. 그리움은 사랑에서 시작된다. 승화된 사랑이 열매로 남은 것이다.' 그의 사유와 언어가 내 사고의 지평을 넓혀주었다. 지금 곁에 없는, 닿을 수 없는 그 대상에 대한 간절함이 그리움이란 싹을 틔운다. 사랑을 주고받을 수 없는 안타까운 마음 안에서 생성되는 것이라서 그리움을 담고 사는 이의 마음은 유순할 수밖에 없다.

어느 해 아들이 군 복무 중일 때의 일이다. 포천 어느 부대에서 운전병으로 근무를 했다. 매주 전화로 안부를 주고받던 아들이 한 달이 넘도록 연락이 없었다. 언론 매체는 연일 서해안 해군 함정 침몰 사건 관련 보도로 어수선했다. 염려와 그리움으로 소식을 기다리던 어느 날 저녁 무렵 드디어 아들에게서 전화가 왔다. 흥분된 어조의 첫 마디에서부터 가족을 향한 그리움이 흘러나왔다.

"엄마 저 이틀 전에 집 근처까지 갔었어요."

자초지종을 들어보니 수송병으로 차출되어 평택항에서 비상근무를 하던 중에 증평에 다녀갔다고 했다. 가슴이 아렸다. 집을 지척에 두고 돌아가는 아이의 마음을 헤아리니 코끝이 찡했다. 다음 날 일정이 있어서 서울에 올라가는 길이었다. 중부고속도로 2차선에 군용트럭들이 꼬리에 꼬리를 물고 이어졌다. 전날 밤 아들이 한 말이 떠올라 가슴이 뛰기 시작했다.

차간 거리와 속도 조절을 하면서 군용트럭 운전석을 하나씩 확인하기 시작했다. 군복을 입은 옆 모습이 모두 아들처럼 보였다. 길게 이어진 트럭 운전석 어딘가에 분명 핸들을 잡고 있는 아들이 있을 것만 같았다. 선두에 선 트럭을 지나쳐 들어선 휴게소에도 군용트럭들이 있었다. 다시 마음이 분주해졌다. 지폐를 몇 장 주머니에 넣고 차에서 내렸다. 삼삼오오 모여 있는 군인들에게 다가갔다. 그들에게 약간의 간식이라도 사 주는 것만으로도 아들을 향한 그리움이 덜어질 것 같았다. 망설임 끝에 인사를 건네자 한 사병이 웃으며 물었다.

"아드님을 군대에 보내셨지요? 어머님들이 부대 소속을 많이 물어보세요."

호출을 받은 그는 미처 내 용무가 끝나기도 전에 인사를 남기고 뛰어갔다.

군 복무를 마치고 돌아온 아들은 이제 곁에 있지만, 그때의 감정은 또 다른 그리움의 무늬로 남아 있다.

세월에 따라 그리움도 이동한다. 노스탤지어의 속성은 항상 닿을 수 없는 곳에 존재하니까. 사랑과 그리움이 비례하는 것이라면, 나는 사랑을 많이 가진 사람인 듯하다. 추억의 갈피갈피에 새겨진 무늬가 소중한 그리움으로 간직되었다. 사랑하는 사람과의 첫 만남, 설레었던 시간들도 여전한 그리움으로 남아 있다.

서쪽을 향해 달리는 이 시간, 나는 지금 미래의 그리움 속으로 가고 있다.

느개 속에…

비 오는 날

허리를 굽히지 말았어야 했다. 아니, 시선을 아래쪽으로 옮기지 않았어야 했다. 적우(適雨)가 지나간 호혜적인 자연의 풍경에 더 지긋이 머물렀어야 했을지도 모른다. 바닥을 보지 않았다면 번뇌의 씨앗을 손에 들고 갈등하는 일은 없었을 것이다.

오락가락하던 비가 잦아들었다. 이틀째 걷는 시간을 얻지 못한 몸이 무겁다는 신호를 보낸다. 망설이던 끝에 우산을 들고 집을 나섰다. 흠뻑 내린 비에 몸을 씻은 신록이 말갛고 싱그럽다.

시인의 가슴에 시어를 안겨 주었던 정경도 이런 모습이었을까? '저 봄비가 나뭇잎을 닦아주고 기뻐하는 것을 보라/ 기뻐하며 집으로 돌아가 고이고이 잠드는 것을 보라.' 정호승 시인의 〈나뭇잎을 닦다〉라는 시를 떠올리며 는개 속의 산책을 즐겼다.

며칠 전에 머리를 깎은 잔디가 푸른 향기를 내뿜는다. 서리가 앉은 듯한 희뿌연 별사탕을 매달고 있는 측백나무엔 거미가 세를 들었다. 매끄러운 초록빛 터전에 제집을 마련한 거미 대신 은빛 물방울이 놀고 있다. 이른 저녁에 만나던 푸른 벗들을 오전에 마주하니 풍부한 표정이 정겹다. 늦봄과 초여름이 맞닿은 5월 끝자락이 초록빛으로 생기롭다. 충만한 기운이 내 안으로도 스며든다.

점심 약속이 있는 날이다. 준비하고 나갈 시간을 계산하면서 집을 향해 걸음을 옮겼다. 아파트 단지 안의 나무들이 더욱 말끔해진 모습으로 눈맞춤을 청한다. 짧은 눈인사를 건네며 서두르는 발길에 작은 물체가 걸렸다.

허리가 접힌 노란 종이에 율곡 선생이 누워 계신다. 본능에 충실한 몸이 손을 먼저 뻗었다. 축축한 지폐를 집어 드는 순간 머릿속이 분주해진다.

'이걸 어떻게 처리해야 할까? 관리실에 갖다 주고 방송을 부탁하면 될까? 아니야 오만 원권도 아니고, 오천 원권 한 장의 주인을 찾아달라고 하면 비웃을지도 몰라. 제자리에 그냥 둘까? 지폐의 주인이 잃어버린 것을 확인하고 길을 되짚어 올 수도 있잖아. 그런데 만약 다른 사람이 가져가면 어떡하지? 혹 돈을 분실한 당사자는 오천 원쯤은 대수롭지 않게 여기는 건 아닐까? 요즘은 만 원권도 아이들 세뱃돈으로 환영을 받지 못한다는데. 아니지, 돈의 가치는 상대적이잖아. 누군가에겐 껌값에 불과한 액수지만, 다른 누군가에겐 숫자로 잴 수 없는 소중한 가치가 담겨있을지도 모르잖아. 귀찮은데 주머니에 넣고 갈까?' 하는 생각까지 해보지만, 불편한 마음을 오천 원과 맞바꾸고 싶지는 않았다. 개운찮은 느낌이 내내 따라다닐 것만 같았기 때문이다.

유년시절에 잠이 들면 동전을 줍는 꿈을 자주 꾸었다. 소꿉친구들과 뛰어다니며 놀았던 꿈속에서도 내 앞에는 동전이 떨어져 있곤 했다. 할머니께 말씀드리면 '어린아이가 무슨 걱정이 많아서 근심을 주워 담는 꿈을 꾸느냐.' 하시며 토닥이셨다. 당시의 동심으로는 이해할 수 없었던 꿈해석이 이 상황에서 떠오르다니, 할머니의 꿈풀이는 크게 틀리지 않은 듯하다.

꿈의 세계에서 동전의 상징성이 현실 세계에서 돈의 속성으로 이어지는 것을 의미하는 것일까? 삶의 여정에서 맞닥뜨리는 고민거리의 궁극점엔, 경제적인 부분이 숨어 있는 경우가 적지 않다. 많으면 많은 대로 적으면 적은 대로, 다양한 형태로 금전의 속성에 닿아 있음을 부정할 수 없다.

못 본 척 그냥 지나갈 걸 괜한 짓을 한 것 같다. 뒤늦은 후회를 하면서 주위를 살폈다. 십여 미터 앞에서 한 여자아이가 두리번거리며 걸어오고 있었다.

대여섯 살쯤으로 보이는 아이의 양쪽 손에는 접은 우산과 핸드폰이 각각 들려있다. 우산으로 툭툭 바닥을 치면서도 핸드폰과 땅바닥을 번갈아 보느라 고갯짓이 바쁘다. 뭔가를 찾는 기색이 역력하다. 반가운 마음이 앞섰다. 갈팡질팡하는 이 순간을 벗어나게 도와줄 해결사가 분명해 보였다. 마치 오래도록 소식이 불통이던 친구가 갑자기 눈앞에 나타난 것처럼 감사하게 여겨졌다. 아이 앞에 다가가 지폐를 내밀었다.

"혹시 이걸 찾고 있니?"

말이 채 끝나기도 전에 작은 손을 내밀며 고개를 끄떡인다. 내 손끝에 무겁게 매달려있던 종잇장이 가볍게 아이 손에 안긴다. 엉거주춤하게 멈춰 있던 손이 자유로워졌다. 무거운 짐을 내려놓은 손이 편안해졌다. 체중이 내려간 것처럼 가슴이 후련하다.

어느새 아이는 인사를 나눌 겨를도 없이 저만치 가고 있다. 여전히 핸드폰에 시선을 고정한 채 걸어가는 아이의 뒷모습이 작은 의구심을 불러일으킨다. '지폐가 주인을 잘 찾아간 거 맞겠지?' 부질없는 노파심이 고개를 들다가 수그러든다. 돈과 근심이 불가분의 관계라는 말을 증명이라도 하듯이.

소리 없이 내리는 는개가 부드럽게 나무들을 어루만진다. 싱그러운 잎새들의 미소가 편안해 보인다. 조용히 번지는 초록 물결에 마음 한 자락 정갈하게 헹구어 본다.

별빛을 담다

별빛이 낮게 내려왔던 곳이었다. 온전한 어둠 속에서 총총한 별들의 수런거림이 들리는 듯했던 곳. 파도도 나지막이 소리를 낮추며 다가왔던 고요한 바다였다. 늦은 밤 까만 밤바다를 지키던 영롱한 별빛이 향수(鄕愁)처럼 내 안에 자리했었다. 오래전의 기억을 더듬으며 증도를 다시 찾았다.

십여 년의 세월이 지나간 흔적이 사뭇 다른 감흥을 불러일으킨다. 처음 왔을 때와 계절이 달라서일까? 손을 뻗으면 닿을 것 같았던 별들이 저만치 달아나 있다. 약속이 어긋났을 때처럼 왠지 허전하다. 아쉬운 마음을 달래주려는 듯이 밤새 파도가 기척을 한다.

'슬로우시티'라는 슬로건에 보조를 맞춰 다음 날 일정을 시작했다. 리조트를 벗어나자 넓게 펼쳐진 염전이 보이기 시작한다. 언젠가 기회가 되면 한 번쯤 둘러보고 싶었던 곳이다. 소금 박물관을 관람하고 나와 염전으로 난 길로 들어섰다.

계절의 경계에 있는 3월, 염전은 아직 휴식기를 벗어나지 않았나 보다. 옅은 회색빛 평야가 한적하다. 소금창고로 여겨지는 건물이 보인다. 창고 안이 어떤 모습일지 궁금하다. 그런데 호기심에 이끌리는 발길을 네모난 표지판이 멈춰 세운다.

'출입자제구역' 잠시 망설여진다. 정중한 권고처럼 보이는 문구가 신선하다. 출입을 제한하는 곳에서 흔히 접하던 글귀와는 어감이 다르다. '관계자 외 출입금지'나 '출입제한구역'이 엄한 표정과 강한 어조로 앞을 가로막는 느낌이라면, 출입을 자제해 달라는 말은 낮은 자세와 부드러운 언어로 양해를 구하는 것 같다. 마치 '이곳은 들어오지 마십시오. 하지만 정히 필요하다면 당신의 의사를 존중하겠습니다.'라는 정중한 당부처럼 들린다.

여행길에 간혹 염전을 지나갈 때면 낮은 지붕을 이고 있는 건물이 궁금했었다. 평평한 갯벌밭에 갇힌 바닷물이 어떻게 하얀 결정체로 변모하는지. 자연의 힘과 인간의 노고로 빚어지는 합작품이 어떤 모습으로 생성의 단계에 이르는지…

《자전거 여행》에서 김훈 작가가 들려준 소금의 생성 과정을 기억하고 있다. 여섯 단계의 저수장을 거치면서 증발한 바닷물이 마지막 결정지에 닿으면 소금이 이루어진다고 했다. 향기로운 짠맛을 지닌 소금을 얻기 위해서는 고요함이 필수라고 했다. 햇볕과 바다의 정수가 소금 알 속에서 고요할 때, 최상급의 소금이 익는다고도 했다. 그러니 '출입자제구역'이란 안내문은 소금의 안정이 흔들리지 않게 하려는 방편이리라.

소금 박물관을 지나 카페에 들렀다. 야외 테라스엔 바다를 마주하고 앉을 수 있는 자리가 있다. 멍때리기 하기에 알맞은 장소다. 멍때리기, 언제부터인가 유행처럼 생긴 머리 비우기이다. 생각을 멈추고 마음을 비우고 뇌에 휴식을 주는 시간이다.

커피를 내려놓고 바다를 향해 앉았다. 회색빛이 감도는 짙푸른 바닷물에 시선을 고정했다. 잔잔한 바다가 평온함을 안겨 준다. 몸도 마음도 바다 위에 떠 있는 것처럼 가벼워진다. 하지만 무념무상을 유지하기엔 내 의지력이 부족한 것일까? 평화로운 시간 속에 머물고 싶은 바람은 또 다른 상념으로 이어진다.

생각을 멈추겠다는 시도가 무모한 도전이었나 보다. 잠시 눈을 감고 있어도 부지런한 오감은 무수한 파노라마를 머릿속에 펼쳐놓는다.

지나온 세월, 고운 빛으로 채색된 추억이 많은데도 불구하고 회상의 방향은 아쉬움의 순간을 향한다. 타다 만 장작처럼 제때 연소되지 못한 파편들이 어느새 바다 위에 아른거린다. 대수롭지 않은 서사의 흔적들이 물결에 흔들리며 넘나든다. 문득 수도꼭지처럼 생각을 조절하는 장치가 있으면 좋겠다는 엉뚱한 상상을 해본다. 그때였다. 무수한 관념의 물결 사이로 작은 불빛이 깜박였다. 염전에서부터 따라온 글빛의 여운이 별처럼 반짝인다. 낮게 다가온 별이 조용히 속삭인다.

"출입자제구역입니다. 지금 그곳을 기웃거리면 푸른 바다가 건네는 평화로움을 온전히 느끼지 못하게 된답니다."

소곤거리는 별빛이 어느 영성 작가의 글을 떠올려 놓았다.

안셀름 그륀 사제는 아름다운 풍광에 시공간을 잊고 빠져드는 순간을 영원성에 닿는 시간이라고 했다. '순간 속에 온전히 존재할 때 시간은 영원이 된다'고. 영원을 담는 순간이라니, 물아일체의 경지에서 느끼는 무아지경의 순간을 일컫는 것이리라.

별이 건네는 조언을 협심(狹心)의 골짜기에 걸어두었다. 때때로 이 별은 내 안에서 은은한 빛으로 말을 건네리라. 감탄사를 연발하는 풍경 앞에서 마음의 시선이 다른 곳을 향할 때, 어수선한 마음 밭 갈래길에서 불필요한 공간을 기웃거릴 때, 온화한 표정으로 일러줄 것이다.

"출입자제구역"입니다.

순간 속에 담긴 영원을…

김점자

동행

2015 『푸른솔문학』 등단
2014 충북도민백일장대상
『어느 봄날에 시집』

작가의 말

머리에 백설을 이고서야 지나온 삶이 평범 안에 있었음을 알았습니다.
그때는 그것이 행복인 줄 미처 몰랐습니다.
그저 그런 일상들이 권태로웠고 반복되는 매일이 불만이었습니다.
청춘에 꾸었던 꿈도 이상도 망각의 늪에 잠수한 나날이었습니다.
육신에 병마가 깃들어 모든 것을 포기할 즈음에
지푸라기가 되어준 것이 수필이었습니다.
여전히 멀고 험한 길에서 별 볼일 없는 글이지만
그래도 용기내어 책을 펴 보입니다.
그럼에도 아직 저는 완수 지연에서 벗어나긴 어려울 것 같습니다.

곰스크로 가는 기차

　아들이 보내준 프리츠 오토만의 단편집 《곰스크로 가는 기차》가 무료한 내 일상에 바람을 불러일으켰다. 주인공은 어릴 적 아버지로부터 곰스크 이야기를 듣고 자신의 인생행로를 그곳으로 돌린다. 그는 삭막하고 적적한 시골을 벗어나서 찬란한 도시에 대한 열망으로 가득했다. 가보지 않은 미지의 세계를 동경하며 사는 하루하루는 갈등과 연민, 삶의 희망이었다. 그의 유토피아는 오로지 곰스크였다.

　주인공은 신혼여행지를 곰스크로 정하고 그곳에서 정착하리라 마음먹는다. 곰스크로 가는 도중 어느 간이역에서 기관 고장으로 잠시 정차를 한다. 두 사람은 그곳의 풍광을 즐기며 산책하다 그만 기차를 놓치고 만다. 그들은 언젠가는 기차가 오리라고 믿으며 허드렛일을 하며 산다. 다시 그곳에 기차가 도착했다. 그러나 품삯으로 받은 안락의자를 싣지 못하게 하자 곰스크로 가는 기차에 오르지 않는다. 결국 임신을 하게 된 아내는 곰스크로 가는 것을 포기한다. 아내의 곰스크는 간이역이었기 때문이다. 곰스크에서의 삶이 꿈이었던 남편도 아내를 따라 그곳에 주저앉고 만다. 부부는 곰스크에 가지 못했다. 하지만 그들의 인생행로는 아직도 어디엔가 있을 곰스크로 향하는 중인지도 모른다. 곰스크는 어쩌면 어디인가 도달하기를 갈망하며 사는 삶의 희망이 아닐까 싶다.

　나에게도 곰스크는 있었다. 여섯 살 때 할아버지께서는 '말은 제주도로 보내고 사람은 서울로 간다.' 하셨다. 서울은 내게 곰스크였다. 한 번도 가보지 못한 미지의 세계에 대한 설렘이었다. 사투리가 아닌 지적인 언어를 쓰고, 어촌의 부둣가 비린내가 아닌 도시의 세련된 향기가 있는 사람들이 사는 곳, 서울은 나의 유토피아였다.

멀고 먼 땅이었던 나의 곰스크로 가는 여정은 결혼을 하면서 시작되었다. 서울에서 시작된 신접살림은 만만치 않았다. 냉혹한 현실은 꿈꿔왔던 그곳이 정녕 아니었다. 아이를 낳고 시어머니를 모시고 경제 문제를 등한시할 수 없는 역경 속에 유토피아는 늘 나를 외면했다. 어쩌면 그 꿈마저 망각해야 살 수 있는 현실 앞에서 점차 내 심중에 살아있는 곰스크로 가는 길은 멀어져 갔다.

하지만 나의 인생행로에 우후죽순처럼 비집고 나오는 꿈과 희망은 현실의 나를 슬프게 했다. 특별한 위치의 나 자신을 꿈꿔왔다. 하지만 현실의 벽 앞에서 내 꿈은 헌 종이쪽지처럼 구겨져 버렸다. 갱년기가 되면서 몸에 이상 신호가 왔다. 급기야 아무도 없는 시골로 다시 내려왔다. 보이는 것은 하늘과 들과 나무만 있었다. 긴 시간 열망하던 나의 곰스크는 어디에도 없었다. 그러나 곰스크로 가는 희망을 버릴 수 없었다. 자연이 나를 품어 주었다. 내가 주는 것보다 받는 것이 많았다. 내겐 나의 인생의 여정을 함께 걸어가는 남편이 있었고, 사랑하는 자식들이 있었다.

삶은 늘 이상을 좇아 떠나는 기차와 같다. 잃어버린 나를 찾아 다시 제자리로 돌아오는 부메랑인지도 모르겠다. 산 넘고 물 건너 무지개를 좇다 눈물만 머금고 돌아왔다는 시가 있듯이 우리 인생은 더 나은 것을 향해 떠나는 영원한 나그네인 것 같다. 병들고 나약해졌을 때 사는 것에 지치고 용기가 점차 사라질 무렵 찾아든 이곳이 나의 곰스크였고 안식처였다.

멀리 찾아 나섰던 바람 부는 언덕은 내 마음에서 빗나간 허상이었다. 신뢰할 수 없는 젊은 날의 표상, 꿈에 그리던 곰스크는 바로 지금 내가 발 디디고 마음 뉘는 이곳이다.

유토피아는 스스로가 만들고 유지하는 곳임을 이제야 통감한다.

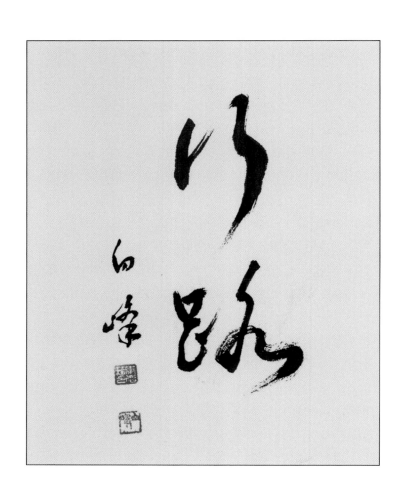

궁팔십 달팔십(窮八十 達八十)

 나이가 들면서 일상이 권태롭고 허무하다고 여겨지는 것은 아마도 일이 없다는 무료함에서 오는 나태함일 것 같다. 의욕을 잃은 탓일까. 근래에 와선 세끼 밥 챙기는 것도 귀찮아지니 그저 나이 때문이려니 핑계를 댄다. 세월의 나이테가 늘어감에 비례적으로 쌓이는 것은 허무가 아닐는지….

 갖가지 시련을 겪으면서 때로는 행복에 휩싸여 소리 내어 웃어도 봤고, 무섭게 밀려오는 슬픔 앞에선 소리죽여 우는 날도 더러 있었다. 삶이란 늘 그랬다. 눈 부신 태양이 항시 내 것일 수는 없었다. 바람 불고 눈보라가 휘몰아친 순간순간이 그 얼마였던가.

 오십 중반에 지병으로 시골에 온 지도 이십 년 세월이 되었다. 매주 토요일이면 어김없이 이곳에 오던 남편도 격주에서 달포로 점점 오던 길도 멀어져 버렸다. 이러다간 견우·직녀가 되지 않을까 심히 염려스럽다.

 안사람이 없는 집에서 아직도 제자들을 가르치며 일을 놓지 못하는 남편이 버스로 장시간 여행하는 것이 무리임을 잘 알면서도 지금도 토요일이면 기다려지는 나 자신이 미울 때가 많다.

 올해는 남편의 팔순 생일이다. 토끼 같은 눈망울을 지닌 아들 둘, 딸 둘 건사 하느라 고생한 남편이다. 그다지 착하지 못한 마누라도 한몫 거들어 남편의 일상은 고행길이었음을 이제야 알 것 같다. 외동이던 남편에게 다복한 가정을 만든 장본임이 나였다는 그 사실 하나만으로 오만했을 나를 보면서 어리석었음을 통감하는 나이가 되었다. 그런 남편을 바라보면 목구멍이 뜨거워짐도 숨길 수가 없다.

생일 아침 남편은 선전포고를 한다. '궁팔십을 살았으니 이제 달팔십으로 살란다.'

강태공은 세월을 낚았던 가난한 풍운아였다. 그의 슬기와 지혜를 세상은 알지 못했다. 논에 있는 벼가 아닌 피를 말려 끼니를 연명하던 아내도 강태공을 버리고 떠나 버렸으니, 궁핍의 시간을 말로써 표현이 안 되었다. 그가 칠십구 년을 비참한 세상을 살았다면 팔순에 이르러 광명의 길로 나서게 되었다. 서백의 부름으로 벼슬길로 들어섰다. 그간의 지식과 철학으로 집약된 달 팔십은 그 후 찬란했다고 전해져 온다.

남편의 팔십 이전의 시간도 그러하였던가. 부유하지는 못했지만 세 끼 밥은 꼬박꼬박 잘 챙기며 살았기에 별문제가 없었으리라 생각했다. 이것이 나의 오산이었을까. 아이들도 별 탈 없이 잘 자라주었고 손주 손녀도 건강하게 태어났으니 이만하면 행복하다고 여기며 남편의 노고를 위로한 적 없었고 알려고도 하지 않았다.

푸른 바다 평온한 수면에 떠 있는 듬직한 거북이 같은 남편의 모습만 보았지 물 밑에 쉴 새 없이 발길질하는 다리는 외면하고 산 세월이었다. 신혼 때는 한 시간 이상 통근버스에 시달리며 윗사람들의 눈치를 살피며 살았던 회사원이었고 병마에 생명 유지가 어려운 시절도 있었다. 남편은 거목이었고 우리 가족의 버팀목이었다. 원래 자기의 말보다는 상대방의 얘기를 헤아리는 성품의 소유자라 별문제가 없다고 생각하며 나 위주의 삶이 더 많았던 것 같다.

그런데 내가 알지 못했던 남편의 세월이 궁팔십이었다니 들어낼 수 없었던 그 고충을 팔십에서야 벗어나겠다니 무엇을 어떻게 하고 싶다는 말인가.

혼자 가는 것은 빨리 가기 위함이고 함께 가는 것은 멀리 가기 위함이라 했던가. 이제 남편은 자신의 길을 혼자 가려고 채비를 한다. 그 무엇에도

속하지 않은 오로지 자신만의 꿈을 가지고 자유로운 삶을 원하는 것이다.

노년에 와서 왕성한 작품 활동에 명성도 얻은 듯하다. 가족을 위해 한 남자가 걸었던 인생 여정은 쉬운 여행길은 분명코 아니었음을 나는 알고 있다. 아무것도 할 수 없는 마누라도 건사해야 했고 혼자만의 생활도 익혀야 했던 남편의 고충도 알고 있다. 그런 남편이 25년 전 내게 달팔십을 미리 선불해 주었다. 그때는 그것이 자신만을 위한 배려라고 생각할 겨를이 없었다. 아무것에도 구애받지 않고 오로지 나 하나만의 삶을 살아가라는 남편의 세심한 배려를 고마워하지 않았다. 지금 이 나이가 되고서야 달팔십의 행복을 느낀다.

존경받는 스승으로, 인자한 아버지로 신뢰하는 지아비로 모든 것에 심혈을 기울였던 한 남자의 외침을 외면할 수가 없다. 그렇다고 쌍수 들어 밀어붙이기도 망설여진다. 여자는 아니 나라는 이 존재는 언제 까지고 당신의 그늘막에서 편히 살고 싶은 마음뿐이다. 팔순에 내디딘 남편의 달팔십은 찬란해야 하고 값진 행로가 될 것이다. 그 어떤 것에도 얽매이지 말고 오로지 당신의 꿈과 이상의 세계를 향해 남은 인생을 보냈으면 좋겠다. 당신의 달팔십을 응원하면서도 씁쓰레 다가서는 내 나이 칠십의 행로에 작은 바람이 분다.

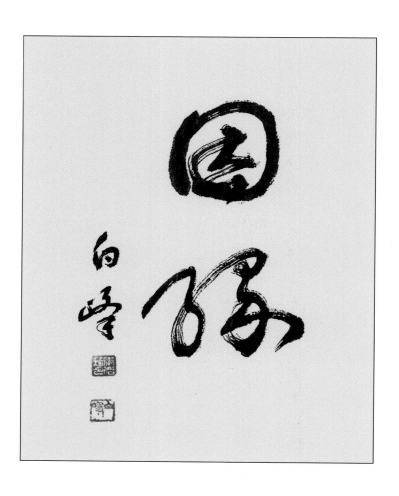

백비탕(白沸湯)

순수를 사전에서는 '사사로운 욕심이나 불순한 생각이 없다'라 표기하고 있다. 지금까지 살아오면서 순수를 염두에 두고 삶을 영위해 왔을까. 경쟁시대에 살고 보니 나도 모르게 욕심만 쌓여간다.

어린 시절이 맑은 물 같은 심성을 지닌 순수의 시절은 아니었을까. 성장하면서 시기와 질투 욕심이 나이 숫자만큼 불어났으리라. 특히 사춘기 시절에는 가정형편을 핑계 삼아 반항까지 곁들인 욕망의 불덩이가 늘 가슴을 짓누르곤 했다.

그즈음에 담임선생님이 계셨다. 언제나 내 편이 되어 주셨고, 작은 일에도 엄지를 추켜세워 주셨던 분이셨다. 나는 "꿈은 자기 노력에서 이루어지고 이상은 올곧은 마음에서 달성된다."는 선생님의 말씀을 늘 심중에 담아 두고 살았다. 비록 큰 꿈은 이루지 못했지만 사람 꼴은 갖추고 산 것 같아 늘 감사하다.

선생님의 전화다. 시계는 열 시 반을 가리키고 있었다. 오다가 점심은 간단히 먹고 한 시경 도착한다고 하셨다. 선생님은 늘 이런 식이었다. 점심 무렵 도착하면 눈도 안 보이는 제자가 이것저것 분주하게 차릴까 봐 배려한 모양이다. 사제의 정을 나누고 산 지 오십 년이 되었지만 직접 집으로 오시는 건 처음이다. 그러니 밥 한 끼 대접해 드리지 못하는 것이 아쉬웠다.

일주일 전에 안부 전화를 했을 때 "늙으니까 그리운 사람이 더 많아"하시더니 아드님 휴가에 맞춰 전국에 있는 몇몇 제자를 찾아 투어를 나섰다 한다. 아흔 노구에 장시간 자동차로 오시니 무슨 변고나 없을지 걱정이 앞

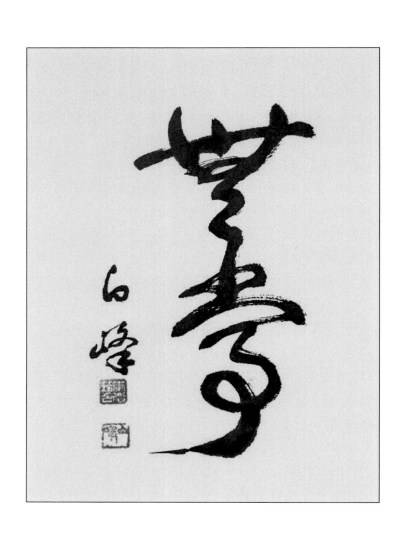

선다. 선생님은 세시가 넘어서야 도착하셨다. 별별 상상에 안절부절못한 것이 들어맞았다. 토사곽란을 만나 병원에 들렀다 오시는 길이란다. 삼 년 전 뵐 때 모습은 간 곳이 없고 바람에 날리는 오래된 깃 폭처럼 보였다.

　"백비탕(白沸湯)이나 다오."

　아무것도 먹을 수가 없으니 그저 물 한 사발 끓여오라는 분부시다. 녹용 우린 물도 아니고 원기 회복에 좋다는 인삼은 더더욱 아니다. 우리 집 지하수를 팔팔 끓여 미네랄까지도 날려버린 맹물 한 사발을 드릴 수밖에 없는 오늘을 어찌할까.
　오전 일찍 밀양 사는 제자를 만나 낡은 비닐하우스에서 절을 받았다고 한다. 교사 부임 첫 제자였고 부모 없이도 영특하게 잘 자란 것이 고마워서 대학 입학금을 내주었던 제자다. 제자는 사업을 하다 부도를 만나 이 지경에 왔단다. 울먹이는 제자의 모든 것을 마음에 담아 오시다가 토사곽란을 치렀다는 아드님 얘기를 들었다. 애지중지 아끼는 제자를 보며 얼마나 마음 아프셨을까 헤아려졌다.
　백비탕(白沸湯)이라 함은 가난한 민초들이 토사곽란을 만나 고통받을 때 샘물 한 바가지 펄펄 끓여 탈 난 속을 안정시켰다는 민간요법이다. 병원 처방책이 많은 이 시대에 나에게 백비탕을 가져오라는 저의는 무엇이었을까. 못난 제자를 만나기 위해 아흔 노구를 이끌고 시간 많은 내가 가겠노라 호언장담하셨다. 늘 보이지 않는 배려심, 깊고 정 많은 선생님께 맹물 한 사발은 가혹한 대접임이 틀림없다.
　주무시고 가라는 내 간절함을 뒤로 선생님은 따뜻한 물이든 보온병을 안고 차에 오르셨다. 선생님은 조금은 안정되어 보였지만 안심이 되지 않았다. 괜찮다 하시며 내 어깨를 토닥여주고 멀어져가는 차 뒤로 말을 잃은 나는 무사하기를 바라는 내 마음만 쫓아간다.

　꿈인 듯 보내버린 오늘이다. 내가 행했던 모든 것이 순수했을까. 물 끓는 이분 남짓의 시간에 많은 기도와 염원을 희석했다. 맹물 한 그릇에 내 마음도 녹여 드렸다. 그것을 불순이라고 말할 수 있겠는가. 어쩌면 선생님은 마지막 교훈을 내게 남기신 건 아닐까. 사는 날까지 물처럼 살아가라고 아니면 물 같이 흘러서 그 어떤 지점에서 다시 또 만나자는 암시는 아니었는지.

　모든 것을 다 비워놓고 물 한 그릇으로 치유하는 백비탕처럼 따뜻함을 지닌 사람이 되라는 훈시였을까. 물을 끓이던 그 순간만큼은 나는 순수했을지도 모른다.

　사제지간을 맺은 지 오십 년 만에 처음 찾아온 제자 집에서 물 한 사발만 드시고 언제 올지 모르는 길을 떠나시는 선생님. 스승을 위해 일념으로 끓여낸 백비탕, 딱 한 가지 소원으로 뜨거웠던 물 한 사발이 나의 전부였고 진실로 스승에 대한 나의 순수한 사랑이었다. 나의 순수였다.

동행

불혹을 지나 지천명을 터득할 즈음 본의 아니게 정분이 났다. 사춘기도 아니건만 가슴은 뛰고 얼굴은 화끈대고 밤잠도 설치기 일쑤다. 갱년기 지난 여자의 알 수 없는 증상에 가족 모두가 의아했다. 제법 방실했던 볼살도 씨알 없는 벼쭉정이를 닮아가고 있었다. 급기야 눈 하나를 실명하고 발가락 하나도 먼저 하늘나라로 보낸 후에야 이백만 명이나 되는 나 같은 환자가 있다는 걸 알았다.

남편의 배려로 옥산에 조그만 집을 짓고 불학무식에 제멋대로인 이 무지막지한 놈과 동거에 들어갔다. 아무리 떼어 놓으려 해도 찰거머리로 붙어 있는 놈과의 관계는 쉽게 해결되지 않을 것 같았다. 그렇다면 화해 무드로 전환해 봄이 어떨지 생각에 미쳤다. 그날부터 놈의 비위를 거스르지 않고 아주 조금씩 도전하기로 했다. 흰밥 대신 잡곡을, 휴식보다는 운동을, 입에 단것보다는 쓴 것으로 대체했다.

하루하루 놈과 살다 보니 친구 아닌 친구로 마냥 미워할 수만은 없는 묘한 관계가 되었다. 그렇다고 당뇨라는 이놈을 마냥 미워할 수만은 없는 노릇이었다. 당뇨라는 이놈이 내게 오지 않았더라면 지금 복잡한 도시 속을 분주히 오가며 여유라는 단어는 모르고 살고 있지 않았을까? 하루하루가 전쟁을 방불케 하는 바쁜 나날이었을 것 같다. 그러나 이곳에서는 아침 새 우는 소리에 잠을 깨고, 밤이면 흐릿하게 보일지언정 달과 별을 세어 보는 날이 가끔 있다.

비록 가족과 멀리 있지만 내 곁에서 떠나지 못하는 이 불학무식하고 막

무가내인 동반자 당뇨 씨가 있다. 끈질긴 노력 끝에 이제는 제법 순한 양을 닮았다. 자꾸 먹으라 충동질도 하지 않는다. 미운 정도 정이라더니 내가 너무 불쌍해 보였는지 꼬리를 내리는 모양이다. 이럴 때일수록 나의 인내가 필요할 것 같다. 남이 알 수 없는 나와의 투쟁이 때론 슬퍼지기도 하지만 인생의 황금기를 앗아간 상대를 사랑할 수밖에 없는 기막힌 단둘만의 동거가 십팔 년째다. 알랭드롱 뺨치게 잘생긴 놈도 아니건만 왜 이리 질긴 인연으로 살고 있냐고 물어 온다면 "늦바람 그거 무섭더군요."하고 농담 아닌 농담을 한다. 지인들은 가끔 좋은 생각이라고 칭찬 같은 격려를 해 주지만 입맛이 쓰다. 내 인생 어디쯤에 이런 막차를 타고 그것도 생면부지의 놈과 애정행각을 벌일 줄이야 꿈도 꿔 보지 못한 악연 속 동거다.

언제쯤 끝날지 모르는 여행길 그런대로 길든 강아지 끌 듯 정착지에 도달할 것 같다. 그림자처럼 투명하게 반영될 내가 숨겨두고 같이 사는 놈. 끊어낼 수 없는 질긴 운명 속 인연이라면 지금부터라도 애정을 가지고 지켜보리라. 내가 어르고 달래며 순한 양 같은 사내로 만들고 말 것이라 다짐했다.

아침에 자고 나면 잘 잤느냐 내 어깨를 토닥여주고, 때로는 너 정도면 괜찮다고 입에 발린 소리도 가끔 하는 그런 남자로 남게 할 것이다. 이왕 만난 걸 먼 곳까지 가는 그 시간까지 잘 살아가리라.

솔개

솔개는 칠십 년을 살 수 있는 장수 조류 중 하나라 한다. 온전히 그 긴 시간을 무탈하게 사는 것이 아니고, 사십 년 가까운 시기에 생명 유지의 두 갈래 길에 서게 된다.

솔개는 지금 여기에서 생을 마감할 것인지, 고행의 길이지만 극복하여 새 생명으로 갱생할 것인지에 대한 갈림길에 서게 된다. 세상 이치는 즐거움과 더불어 고통이 수반되기 마련이다. 새 생명으로 다시 갱생을 결심한 솔개는 험준한 바위산을 올라 석회질로 변해버린 자기의 부리를 바위에 부딪쳐 부수고 새 부리를 돋게 한다. 예전처럼 용맹한 새 부리로 힘없는 자신의 발톱을 몽땅 뽑아버리고 푸석해진 털도 힘없는 날개도 전부 뽑아버린다. 드디어 누구에게도 뒤지지 않을 조류 중 우두머리로 등장한다. 힘겨웠던 재활의 기간이 장장 6개월이 걸린다. 하지만 그로 인해 의지의 맹수로 다시 삼십 년을 창공을 휘저으며 살아간다.

일찍 결혼한 나는 철이 없이 살았던 것 같다. 지천명을 좌우명으로 살아야 할 즈음에 덜컥 병마가 들었다. 조금이라도 생명을 유지하려면 어떻게 해야 할까 무척 고민을 많이 했다. 최선책으로 자연에 나를 맡기로 결심을 세웠다. 남편도 자식도 모두 팽개치고 이곳 옥산에 작은집으로 나를 위탁했다. 보이는 것은 하늘과 멀리 나무와 흘러가는 구름뿐이었다. 하지만 시력을 거의 잃어버린 육신은 어느새 외로움까지 보태가며 더 위중해졌다. 그런 세월 속에서 이순이 되었지만, 다른 사람의 충고나 심지어 위로의 말까지도 귀에 거슬리기만 했다. 네모난 벽 속에 갇힌 수컷을 잃어버린 암비둘

기처럼 병들어 갔다.

어느 날 죽마고우가 왔다. 그다지 반갑지도 않았다. 너 없이는 살기도 싫다며 깔깔대던 친구는 후두암 판정을 받은 시한부 삶을 힘겹게 이어 가던 중이었다.

"살 수 있다는 것만으로도 너는 행복한 거야 어쨌든 갱생을 위해 도전해 오늘부터 이기겠다는 결심으로 생활에 매진하길 바래." 마지막으로 친구가 남긴 말이었다.

호미를 들고 삽으로 땅을 일구며 잡초도 뽑아냈다. 생전 처음 하는 일이라 손은 물집이 터졌다. 하지만 다시 입맛이 돌아왔고, 크게 시력이 필요하지 않은 단순노동 덕분에 단잠도 이룰 수 있었다. 볼살이 붙기 시작했고 옆집 할머니와의 대화도 오갔다. 아침마다 안부를 묻는 남편의 전화에 간간이 웃음꽃이 피었다. 무성한 잡초를 제거하면 말갛게 드러나는 땅에서 뿌듯한 성취감마저 느껴졌다. 자식을 키우던 그 마음으로 화초를 길러 내며 푸성귀를 거두었다. 토실한 수확물이 마음 가득 풍요함을 주었다. 금자탑을 세울 수는 없겠지만 컴맹이던 내가 수필 공부도 했다. 도서실로 면사무실로 도움받을 수 있는 곳이면 공부도 했다. 때때로 무모한 짓이라며 자책도 했지만, 이제는 좋은 글벗들을 만나 그들 덕분에 새 날개를 달 수 있었다.

'종심소욕불유구(從心所欲不踰矩)'라 하던가. 공자는 70살이 되면 마음이 가는 대로 하여도 법도에 어긋나지 않는다고 하였다. 솔개처럼 힘차고 용맹한 삶이 되지는 않겠지만 지금 이대로도 나는 아주 행복하다.

남새밭을 가꾸고 꽃을 어루만지며 밥 잘 먹고 잠 잘 자는 지금의 내가 찬란한 날개를 퍼덕이며 지금 이 순간을 만끽한다.

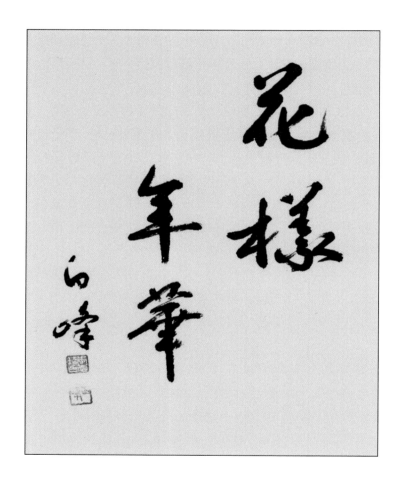

옴므리자

　모나리자를 좋아하는 대부분의 사람들은 그녀의 품격 높은 미소를 떠올리게 된다. 눈썹도 없고 입꼬리도 올라가 있지 않다. 봄 햇살처럼 환한 치아도 보이지 않는다. 그렇지만 우리는 그녀가 웃는다고 굳게 믿고 있다.

　르네상스 시대 다빈치는 화가이면서도 조각가, 전쟁 설계사 등등 갖가지 타이틀을 가졌지만 그중에서도 특히 인체 해부에 능한 사람이었다. 사람의 얼굴 표피 속에는 약 육천 개의 표정 근육이 숨어 있다 했던가. 그래서 다빈치는 모나리자의 얼굴에 우리가 알 수 없는 미소를 그려 넣었을지도 모를 일이다.

　모나리자는 영원불멸의 명화이고 세계 어디서도 열광하는 작품임이 틀림없다. 그러나 세계인의 가슴에 모나리자가 남아 있다면 나는 내 나름대로의 영원불멸의 명화가 있다.

　목련이 막바지 꽃잎을 떨구던 날, 선생님을 만났다. 나름 명문 여고라고 자랑하던 우리 앞에 그 시절 일 미터 팔십 센티미터의 장신에 얼굴은 흰 눈처럼 깨끗한 선생님은 젠틀맨 그 자체였다. 은테 안경이 조금 차게 느껴지기는 했어도 입가의 미소는 우리들의 염려를 날려버렸다. 바지는 헐렁하게 주름이 잡혀있었으므로 샤링 스커트라고 별명이 붙여졌다. 샤링 스커트란 마릴린 먼로에 의해 유명세를 떨쳤다. 열차 환기구에서 뿜어나오는 바람에 치마가 훅 올라가는 것을 황급히 끌어내리는 장면이었다. 일반 치마의 서너 배가 넘는 광폭의 스커트에 선생님은 인자함과 따뜻함을 숨기고 계셨는지도 모르겠다.

사철 내내 바다 빛 넥타이를 매지 않는 날이 하루도 없었다. 여고 삼 년 동안 단 한 번, 넥타이의 색깔이 바뀔 때가 있었다. 그날이 바로 교장선생님의 장례식이 있는 날이었다. 선생님의 과목은 영문법이었는데 친구들이나 나나 대부분 시큰둥한 수업이 되고 말았다. 새 학년이 되면서 우리의 담임이 되셨고 조그만 일에도 정성을 아끼지 않으셨다.

키가 멀쑥한 나를 수숫대라고 별명을 지어주신 것도 그 무렵이었다. 왜 하필 수숫대냐고 여쭈어보았을 때, 조용한 어투로 내게 타이르듯

"수수는 일년초 곡식이면서 제일 먼저 수확하게 되는 알곡이지. 비바람에 쉽게 꺾이지도 않고 겉대는 피멍처럼 보이지만 속은 맑은 물로 가득 찼거든."

하고 가난한 제자에게 격려와 칭찬을 아끼시지 않으셨다. 수숫대라는 내 별명은 지금도 생각하면 너무나 고마운 별명이었다. 이런 깊은 타이름을 주셨기에 비록 훌륭하게 살진 못했지만 사람 꼴은 그런대로 갖추고 살았는지도 모르겠다.

이랬던 선생님이 구순을 넘기면서 하나둘 기억을 잃어 가신다. 내 형편이 여의치 않아 장시간 여행을 친구 차에 동승하여 선생님을 뵐 수 있었다.

"어이, 수숫대 웬일이냐."

슬리퍼도 내팽개친 채 두 팔을 활짝 벌려 그 시절 그때처럼 나를 맞아주신다. 같이 간 친구는 누구냐고 몰라보신다. 금방 먹은 점심을 한 시간도 못 되어 밥 먹자며 냉장고로 향하신다. 그러면서 열일곱 풋풋하던 시절의 나만 기억하신다. 예뻤다, 착했다 온갖 미사여구를 서슴없이 토해내신다. 아버지 같은 인자한 웃음으로 사랑해 주셨던 못난 제자는 그때가 내 인생 최고의 화양연화(花樣年華)라고 생각한다.

숙제 잘해오라는 선생님을 뵙고 오던 날부터 지극히 평범했던 내 일상은 겨울을 재촉하는 갈바람처럼 흔들렸다. 쉽게 안정되지 않는 시간이 늘

어났다.

두 눈을 감고 가부좌를 하고 앉았다.

색즉시공 공즉시색 (色卽是空 空卽是色)

분명 실체는 있지만 없는 것이 분명하다고 말하는 법문은 단연코 있음을 말함이라 했던가?

인생은 빈 그릇이 되고서야 참다운 그 무엇을 담는다고 했던가.

지금 선생님께선 인생의 번뇌도, 욕망도, 어쩌면 삶 자체도 비워낸 깨끗한 그릇이 되어가시나 보다. 어쩌면 나는 한 톨의 밥 알갱이가 되어 위태로이 붙어있는 존재일 것 같다. 설사 까맣게 잊힌다 해도 내가 기억하면 되는 것을.

풋풋하고 욕심 많던 그때의 내가 이상과 꿈을 가르쳐 주셨던 그 모습을 내 마음에 그려 넣는다. 그리하여 불후의 명화 옴므리자(신사)가 탄생한다.

이 세상 나 혼자 아는 영원불멸의 작품.

김학명

봄 여름 가을 겨울 그리고 그리움

2015년 『푸른솔문학회』 등단
푸른솔문학 · 충북레터스 · 충북수필 · 한국수필 회원
푸른솔문학 신춘수필공모 우수상
사진작가

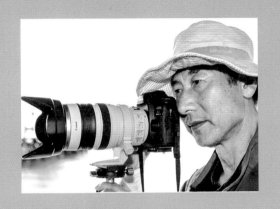

작가의 말

길가에 앉아서 하늘을 본다.
어제와 다르지 않는 오늘이지만
지나고 보면 계절은 빠르게 지나간다.
바람 따라 흘러가는 구름과 시간에 떠밀리는
내가 어쩌면 같다는 생각을 한다.
하염없이 바라보는 풍경들이 내게 말을 걸어온다.
이야기 속엔 커다란 의미도 있고 인생의 길과도 마주한다.
지나가는 모든 것들이 그리워 사색을 하는 시간이
즐겁고 행복하다.

봄날의 수채화

 따스함을 머금은 맑은 하늘엔 흰 구름이 살며시 얼굴을 내민다.
 기지개를 켜고 일어선 무뚝뚝한 산은 초록빛 푸르름으로 단장하고 창 너머 저 멀리서 나를 부른다. 텅 빈 곳 같던 천지에 봄기운이 촘촘히 차오르면 세상은 포근함으로 가득 채워져 초목이 새 생명을 하나둘 살포시 밀어 올린다. 땅끝에서 용광로보다 뜨겁게 퍼 올린 생명의 파도가 세상과 눈 맞추고 연둣빛으로 투영되어 피어오른다. 이슬보다 영롱하고 별보다 찬란하다. 싱싱하고 힘차게 올린 새순은 주먹을 굳게 쥐고 꿈을 이루고 신화를 만들기 위한 준비를 꼼꼼히 하는 화창한 봄날이다.

 무작정 나왔는데 어디로 갈까. 가끔 갔던 호수를 찾아 물가에 자리를 잡고 편하게 앉았다. 물속을 바라본다. 물빛이 참 곱다. 투명하고 맑다. 그 선명한 화선지에 하늘의 푸른 기운이 호수에 내려와 파란 바탕을 칠하기 시작한다. 주위의 풍경들이 서로 온몸을 끌어안고 어울리며 조화를 이룬다. 산이 내려와 맑은 색들을 호수에 풀어 놓을 때면 집과 마을도 함께 내려와 자리를 잡는다. 그야말로 봄날 빛으로 그린 수채화다.
 손이라도 닿으면 자국이 묻어날 것 같은 싱그러운 연둣빛 꼭 안아주고 깨물어 주고 싶은 연초록 색감, 아직 잠에서 덜 깬 짙은 녹색, 파란 물빛에 비친 산빛. 노랑과 연두와 초록을 환상의 비율로 채색한 앳된 연노랑이 꿈결에서 만난 듯한 빛의 세계를 이룬다. 하늘과 산과 나무 그리고 물과 연초록의 경계가 한없이 맑다. 분명하지만 또 한 묶음이고 서로의 경계를 뛰

어넘기도 한다. 어쩜 이렇게 고울 수 있을까. 어떤 물감이기에 이런 색깔을 낼 수 있을까. 어느 꽃이 이보다 더 예쁠 수 있으랴. 어느 보석이 이보다 더 빛날 수 있으랴. 화려하지도 번쩍이지도 않지만 이렇게 맑고 깊고 깨끗한 아름다움을 어떻게 글로 표현할 수 있을까, 말로 전할 수 있을까. 이런 풍경을 볼 때마다 늘 겸손해지는 건 왜일까.

호수 위로 바람이 분다. 나무는 기다린 듯 노래를 부르고 물속의 나뭇잎은 봄의 화음이라는 곡조에 맞추어 몸을 흔든다. 아니 춤을 춘다. 그 춤 사위는 화려하지 않지만, 독보적이고 무아지경이다. 누구든지 그냥 빠져든다. 감정도 이성도 모두를 잊게 한다. 그러나 바람이 멎고 수면이 잔잔해지면 언제 그랬냐는 듯 춤추는 모습은 사라지고 화두를 안고 깨달음을 얻고자 선정(禪定)에 든 수행자의 모습이다. 한 치 흐트림도 없이 그저 묵묵히 제 모습을 지키고 있다. 바라보는 내가 물속 수채화인지 물속 수채화가 나인지 모른다. 무념무상이라고 해야 할까? 무언가 비워지는 느낌이 있고 물에 비친 맑은 기운이 내 몸을 파고든다. 물은 거울처럼 맑고 잔잔해서 명경지수라고 했던가. 사색을 즐기는 고요한 마음이 봄날 물속의 푸르름을 보고 생긴 말은 아닐까.

　얼굴을 스치고 간 바람이 물결을 출렁이며 손에 닿을 듯한 수채화를 지우고 지나간다. 문득 저 물결이 삶 같다는 생각이 든다. 채우고 담고 가두고 불리고 쌓기만 하는 우리네 속내를 자주 비우라고 넌지시 말하는 듯하다. 출렁임 자체가 시련일 수 있지만 극복하는 과정이 인생의 한 부분일 수 있고 한편으론 나를 돌아보는 시간이 될 수 있을 테니까. 물결이 일지 않는 호수와 바다가 어디에도 없듯이 우리네 삶도 다 그렇게 흔들리며 지우고 돌이켜 보면서 사는 것 아닐까. 맑은 호수에 내려앉은 선명한 봄빛처럼 내 모습도 그렇게 비추려면 늘 물 같이 마음을 맑게 해야 가능하겠지. 물결처럼 지우고 또 비춰볼 수 있다면 봄날의 수채화처럼 세상의 맑은 빛으로 깊고 청초하게 인생을 색칠하고 싶다.

무더위에 붉음을 더하다

참 무더운 날이다. 잠시 밖엘 나오면 땀으로 금세 등이 젖는다.

이맘때가 되면 향교나 서원에 진분홍 꽃이 화사하게 핀다. 색깔도 예쁘고 모양도 맘에 들어 해마다 이곳저곳을 다니며 꽃구경을 한다. 한여름 더위로 모두가 힘들어할 때 꽃이 밝게 위안을 준다. 피어있는 기간도 길어 오랫동안 볼 수 있다. 7월 하순과 8월 초순에는 많은 수가 피어 싱그럽고 풍성한 모습을 보여준다. 꽃 모양은 다른 꽃들과 많이 다르다. 소박하거나 얌전하지는 않는 것 같다. 가슴속 깊숙한 곳에서 꽉 뭉쳐있던 열정이 어느 순간에 붉음으로 터져 나온 모습이다. 팝콘처럼 톡톡 튄다. 그래서인지 꽃잎 속에는 붉은 드레스를 입고 정열의 춤을 추는 여인의 모습이 들어 있다. 오늘도 그런 꽃구경을 하러 몇 군데를 다녀왔다.

배롱나무꽃을 보면 더움에 붉음을 더한 진한 꽃이란 생각이 든다. 더위가 끝을 향해 무작정 달리는 뜨거운 여름, 내 안의 모든 것을 불사르며 있는 힘을 다해 피운 결정의 꽃이다. 그러기에 나무는 거추장스러운 옷을 훌훌 버리고 몸을 던져 온 세상의 뜨거움을 붉음으로 승화시켰다. 왜 붉은가. 왜 그 붉음을 토해냈는가. 붉은빛. 붉은 마음 그걸 단심(丹心)이라 했던가. 우리가 일편단심(一片丹心)이라 부르는 변치 않는 참된 마음. 그 붉은 마음을 모두에게 나눠주려는 깊은 뜻을 어떻게 알아줘야 할까. 화무십일홍(花無十日紅)이라는데 배롱나무는 그 말이 무색하도록 오랫동안 끊임없이 한결같은 정성으로 나눠준다. 하지만 한 송이 꽃이 오래 지속하는 건 아니다. 수많은 꽃송이가 순서대로 차례차례 피고 져 100일을 이어간다. 그래

서 백일홍이라 부르기도 하지 않는가.

붉게 피어 그 마음을 전해 주고는 하나둘 소리 없이 떨어져 세상 밖으로 사라져 간다. 담장 위에 떨어진 꽃은 세월의 애잔함을 남기고 뒤를 보며 우두커니 서 있다. 연못 위에 떨어진 꽃은 아직도 식지 않는 열정을 물 위에 비춰보며 서서히 물속으로 녹아내린다. 연잎 위에 소복이 떨어진 꽃잎은 누군가를 그리워하며 또다시 찾아올 그날을 기약하는 양 두 손을 모으고 있다. 그런 꽃잎들의 모습이 안타깝고 애틋하다.

배롱나무는 다른 나무와 달리 껍질이 없다. 줄기가 아주 매끄럽고 윤이 난다. 마치 알몸처럼 나무가 옷을 벗고 있다. 한 번에 벗지를 못하고 시차를 두고 벗다 보니 가지의 색이 얼룩덜룩하다. 마치 맨몸으로 물방울을 튀기며 있는 힘을 다해 헤엄치는 수영선수가 생각난다. 살짝살짝 떡 벌어진 어깨와 강한 팔뚝의 성난 근육도 보이면서 결승점을 향하여 내닫는 모습이다. 전력을 다한 뒤엔 가쁜 숨을 몰아쉬며 힘들어하는 건 내 생각일까. 여름날 그 무더위에 열정의 꽃을 피우려니 옷을 입고는 전력을 다하기에 거추장스러웠나 보다. 그래서 힘을 쓰는 장정처럼 옷을 벗어 버리고 꽃을 향해 힘차게 매진하지 않았을까. 하지만 추운 겨울을 생각하면서 속으론 많은 갈등도 있었을 게 분명하다. 다른 나무처럼 두터운 옷을 입고 겨울을 나야 아무 탈이 없을 텐데. 꽃을 피울 때처럼 진력을 다해 맨몸으로 북풍한설의 추위를 떨쳐내는 극한의 인내가 필요하다는 걸 알면서도 기어이 옷을 벗었다. 단심이라는 붉은 꽃을 피워야 한다는 사명감에 생사를 초월하는 그 모습이 연민의 정을 느끼게 한다.

붉은 꽃을 100일이라는 긴 시간 끊임없이 토해낸 배롱은 늘 정성스러운 마음의 단심을 우리에게 보여주었다. 그래서 조상님들은 그 뜻을 새기고자 주위에 배롱나무를 심었나 보다. 고목으로 몇백 년 동안 극도의 더위와 추위를 참고 견디며 피워 올린 배롱 꽃은 우리에게 무슨 말을 전하고 싶은 걸까. 아마도 꽃을 즐기는 모든 이들에게 자신을 위해 끊임없이 노력하고 새로워지라는 말을 하는 듯하다. 오늘 여름의 한복판에서 더움과 붉음 그리고 열정 속에 피어있는 꽃잎이 단심(丹心)을 머금고 나를 본다.

은행나무 길 가을을 걷다

붉은 궤적을 그리며 자동차가 어둠에 덮인 나무 길로 들어간다. 아직 먼동이 트지 않은 이른 시간이라 불빛이 안개와 어울려 조명등을 켜 놓은 것처럼 환상의 분위기를 만든다. 어둠이 조금씩 밀려가니 모락모락 김이 오르는 듯 물안개가 피어나는 모습이 몽환적이다. 안개가 산자락을 감싸고 저수지를 내려와 수면을 덮고 은행나무길을 천천히 덮는다. 희미한 하늘엔 아침 해가 고개를 들어 안개를 비추며 주위를 하나둘 돌아본다. 은은한 아침빛이 저수지에 퍼지면 모든 사물들은 온통 나를 봐달라는 소리 없는 아우성에 시선을 둘 곳을 몰라 헤맨다. 우선 눈길이 가는 건 길옆으로 길게 늘어선 노란 은행잎이다. 시선을 압도하는 노란 잎들이 가을이 깊어가는 이맘때가 되면 이른 봄 연초록의 새싹에서 초록으로 또 검푸른 초록으로 변한 나뭇잎이 황금의 꽃으로 호칭이 바뀌는 시점이다. 안개가 짙어졌다 옅어지기를 반복하며 은행잎을 가렸다 보이기를 반복한다. 보일 듯 말 듯 한 그 모습이 진한 빛을 발하며 더욱 강렬한 인상을 준다.

은행나무 길을 걷는다.

길게 늘어선 은행나무와 물 위의 낚시 좌대 노란 은행잎이 물속으로 내려와 안개와 조화를 이룬다. 이건 풍경이 아니라 화가가 그린 완전한 그림이다. 수채화 속에 내가 있다. 나뿐만이 아니다. 은행길을 걷는 사람도 물 가운데 좌대에서 낚시하는 낚시꾼도 그림의 한 부분이다. 낚싯대를 드려놓고 물속을 바라보면 거울에 비친 모습처럼 은행나무가 고운 빛으로 내려와 고기도 낚고 계절도 낚으며 풍경 또한 낚을 수 있으니 얼마나 행복할

까. 아래로 길게 뻗은 나뭇가지에 정렬한 듯 줄지어 노랗게 매달린 은행잎
들이 정겹고 사랑스럽다. 물 위에 떠 있는 주황색 낚시 좌대와 너무 잘 어
울려 멋스러움에 그냥 지나치지 못하고 한참을 서서 쳐다보고 있다.

　바람이 분다.

내 얼굴을 스친 바람이 나무 꼭대기를 흔들더니 강한 힘으로 가지를 흔들어 나뭇잎이 하늘로 날아오른다. 아니 꽃잎이 노랑나비가 되어 하늘을 난다. 아마도 푸른 잎으로 살아갈 때는 많은 걱정을 하고 매달려있었는지 모른다. 내 나무를 키워내야 하는 잎들이 병이 걸리거나 벌레가 먹어 열매가 잘 영글지는 않을까 하는 걱정을 하면서 지내오지 않았을까. 그런 시간 속에 황금색으로 익어져 있는 제 모습을 돌아보며 어느 순간 깨달음을 얻었는지 모른다. 내려놓아야 한다는 것을. 모든 걸 내려놓으니, 몸도 마음도 가벼워져 마음껏 하늘을 날아오른다. 한참을 날은 황금 나비는 물 위에도, 길 위에도, 길옆 통나무 의자에도 사뿐히 내려앉는다. 물 위에 은행잎은 돛단배처럼 바람 따라 물결 따라 궤적을 그리며 세상을 주유하고, 길 위에 은행잎은 영변의 약산 진달래처럼 살며시 즈려밟고 가라 한다. 통나무 의자 위의 은행잎은 조각 같은 예술작품이다. 은행나무가 만든 작품인지 바람의 작품인지 구분이 어렵지만 소녀의 감성을 자극한다.

　나무에도 물 위에도 길에도 물속에도 온통 노란빛이다.

　그 많은 은행잎이 아니 황금 나비들이 하나하나 숨은 이야기를 내게

　말해주려 하는 것 같다. 아무 생각 없이 걸으려 해도 은행잎이 내게 사색의 시간을 자꾸만 밀어 넣는다. 인생의 길에 너는 지금 어디에 있는지, 계절은 어디를 지나고 있는지, 무얼 덜어내려고 하는지 묻는 듯하다.

　은행나무 길을 걸으며
　이 은행나무 속 가을을
　이 은행나무 속 가을빛을
　이 은행나무 속 가을 색깔을 그대 손에 꼭 쥐여주고 싶다.

겨울 나목을 바라보며

날씨는 맑고 청명한데, 귓전에 스치는 바람이 차다.

매일 자전거를 타고 달리는 이 길은 시내를 관통하는 무심천 물길을 따라 길게 이어진 작은 길로 시민들의 공원일 뿐 아니라 체력 단련장이기도 하다. 자전거길 옆에는 동네 체육시설도 있어 단순한 체력단련도 함께 할 수 있다. 날씨 탓인지 운동을 하러 나온 사람이 아주 적다. 추위가 심하지 않으면 많은 사람들이 걷거나 자전거를 즐기는데 그 모습이 늘 보기 좋다. 하천을 따라 천천히 달린다. 페달을 밟으며 주위를 돌아보면 몸도 마음도 상쾌해진다. 저만치 가니 지난 봄꽃을 피우고 싱그런 향기를 나눠주었던 아카시아 숲이 잎을 지우고 나무들만이 덩그렇게 남아 쓸쓸히 다가왔다 스쳐 지나간다. 길옆 넓은 하천의 갈대숲에 이르렀다. 자전거를 세우고 그 옆에 서서 갈대를 바라본다. 커다란 키에 수염을 달고 머리를 숙여 세상을 관조하는 모습이 오랜 인생 경험을 통하여 세상의 이치를 깨달은 신선 같아 보인다. 보면 볼수록 그 표정이 정중하고 고요하며 경건하다. 마치 겨울을 한 몸으로 표현하고 서 있는 듯하다.

다시 자전거를 달려 동네 체육시설이 있는 벚나무 아래에 도착해 운동을 하는 사람들과 인사를 하고 의자에 앉아 숨을 고른다. 고개를 들어보니 눈이 시리도록 밝고 진한 코발트색 하늘이 보이고 하얀 구름이 나목의 빈 가지에 걸려있다. 문득 줄을 선 나목들이 눈에 들어온다. 그들의 꿈이고 희망이었으며 한 몸이었던 잎새를 어느 순간 털어내고 비워낸 모습을 보면 진한 연민의 정을 감출 수 없다. 땅끝 깊은 곳에서 애써 영양분을 뽑

아 올려 봄 여름 가을 3계절 내내 키우고 살찌우고 단장했던 그 잎새들을 어떻게 비워낼 수 있었을까. 작은 것 무엇 하나 비우기가 쉽지 않은 우리네 삶을 생각하면 비웠다는 그 마음에 생각이 무거워진다. 나무라서 당연하다고 쉽게 말하면 안 되겠지. 잎을 떨구기 전 나무도 온몸이 떨리는 고통과 애절한 몸부림을 감내하지 않았을까.

　나와 나무 그림자가 하천을 향하여 길게 쏟아져 내린다.
　나무 아래 의자에 앉으면 늘 시원하다는 생각만 했었는데 따스한 햇살이 나를 비추니 흐뭇함을 넘어 나목들이 멋스럽게 다가온다. 여름엔 잎새를 큼직하게 키워 항시 그늘을 만들어 뜨거운 햇볕을 모두 가려 주었기에 내 그림자를 보지 못했다. 그런데 추운 날엔 그 따스한 볕을 온전히 내어 준다.

고맙게도 이 또한 모든 것을 비워낸 나목의 사랑과 배려 때문이 아닐까.

어제는 맑고 화창하던 날씨가 오늘은 차츰 흐려지더니 눈이 내린다.

길게 줄을 선 나목 위에 흰 꽃이 내려앉는다. 가을 단풍으로 알록달록한 잎새를 떠나보낸 후 나목으로선 처음 맞는 축복의 꽃이다. 이는 모든 걸 떨구어낸 나무들을 애틋하게 생각하는 하늘의 마음이며 길게 뻗은 가지들만 남아 조금은 쓸쓸해진 모습을 보듬는 감성의 응원이다. 또 봄에 꽃을 피워내야 하는 그들의 마음에 꽃의 화신을 보낸다는 의미인지도 모른다. 봄을 기다리는 나목은 떨어지는 눈을 위로와 격려로 받으며 머지않아 눈꽃 같은 예쁜 꽃을 피우리라는 다짐을 한다. 또 추운 겨울을 이겨내고 건강한 봄을 맞도록 힘을 기른다. 소복이 내리는 축복같은 눈과 하얀 벚꽃이 바람에 날리는 모습이 같은 건 벚나무의 바람이 눈꽃을 통하여 서로의 의미를 나누었기 때문이리라.

길옆 늘어선 나목들의 모습을 들여다본다. 한 그루 한 그루마다 생김새가 같은 듯 제각기 다르다. 가지를 수평으로 길게 뻗어 옆의 나무와 어깨동무를 하고 있는가 하면 위로 뻗은 다음 다시 아래로 내려와 휘어져 돌아가는 생동감 있는 모습도 보여준다. 솟아오르고 꺾고 구불구불 비틀며 하늘을 향한 열정을 토해내는 모습이 봄을 간절히 기다리는 몸의 표현이다. 집에 돌아올 아이를 동네 앞에서 이쪽저쪽 쳐다보며 기다리는 어머니같이 그런 마음으로 나목은 멀리 남쪽을 내다보며 봄을 기다리고 있다. 이제 봄이 오면 따스한 봄볕을 받고 양지쪽에 보라색 봄까치꽃이 피기 시작하고 민들레꽃이 노란 얼굴을 내밀겠지.

곧 눈꽃 같은 벚꽃이 흐드러지게 피는 봄날이 기다려진다.

나뭇잎 연가

　더위에 지치고 지쳐 세상이 온통 열기로 가득한 것 같았던 여름이었다. 그 끝날 줄 모르던 무더위가 안개처럼 소리 없이 담장을 넘어 어디론가 훌쩍 사라져 갔다. 아침저녁으로 찬바람이 얼굴을 스치며 지나가더니 나뭇잎이 하나둘 오색으로 물들이고 인사한다. 감미로운 가을볕 아래 빨간 단풍잎이 맑디맑은 계곡물 위로 떨어진다. 시냇물은 반가움에 햇볕과 단풍잎을 품속으로 감싸 안는다. 그리곤 무엇으로 답을 할지 고민하더니 물속 깊이 예쁜 그림자를 만들어 보여준다. 아마도 그림자 의미는 따스한 빛에 감사와 혼자 흘러가는 나뭇잎의 안타까움에 함께하라는 배려가 들어 있는 듯 느껴진다.

　이른 봄 아직 동장군이 물러가지 않은 추위 속에서 나뭇잎은 가냘프게 새 움을 내놓았다. 그러고는 주위의 어려움에 힘겹게 버티며 살기 위한 끈질긴 노력이 지속되었다. 연녹색을 띤 여리디여린 작은 잎은 눈에 보이지 않을 만큼 조금씩 제 몸을 키우며 초록으로 변해갔다. 다시 검푸름으로 긴 세월을 표정도 소리도 없이 초연히 지탱해 왔다. 늘 그렇게 있을 것 같았던 그 잎은 어느새 빨강으로 노랑으로 황금색으로 몸치장을 하고 온 세상을 화려하게 압도하고 평정한다. 세상이 온통 색의 향연이고 나뭇잎의 축제다, 황혼의 축제며 승리의 축제다. 살아있는 모두가 참여하는 진정한 축하의 장이다. 나무에 키를 높이고 살을 찌우며 열매로 결실을 맺게 한 보람의 결과다. 아주 여린 잎으로 벌레에게 먹혀 온전하지 못한 잎도, 병이 들어 마른 잎도, 모양이 뒤틀려 눈길을 받지 못하는 잎도 자기 몫을 다하

였기에 가을 향연의 주인공이라고 당당하게 말하지 않을까.

그저 묵묵히 세월을 견뎌낸 나뭇잎에는 많은 추억이 살아있고 감정이 녹아있다. 책갈피에 끼워 넣었던 빨간 단풍에는 어린 시절 감성 어린 꿈이 하나 가득 들어 있다. 개울가 징검다리를 건너며 돌 위에 떨어진 단풍잎은 예쁨 그 자체였다. 빨간 물감에서 막 건져낸 듯한 잎은 도저히 그냥 버릴 수 없었다. 행여나 잎이 조금이라도 구겨질까 노심초사 가져와 곧바로 자주 보던 책 속에 꽂아 넣지 않았던가. 무엇을 바라지도 않았지만 그냥 가슴 벅찬 설렘이 책과 함께 가슴속에 남아 있지 않았던가. 노란 은행잎에는 추억의 골목이 들어있다. 작은 바람에도 흩날리는 은행잎은 노랑비가 오는 듯한 착각을 일으킨다. 그 흩날리는 잎마다 추억이 들어있다. 친구들도 청춘도 지나간 세월도 나를 그 골목으로 불러 세운다. 진한 추억의 냄새가 물안개가 솟구치듯 깊은 속에서 올라와 그리움으로 나를 감싼다.

가을이 깊어져 간다. 황갈색으로 마르며 달린 나뭇잎은 이야기를 한 아름 안고 한 잎 한 잎 길 위에 떨어져 뒹굴다 세상 밖으로 사라진다. 바람에 뒹구는 낙엽을 보고 허전하다 쓸쓸하다 말하지 마라. 본디 낙엽은 쓸쓸함의 대명사가 아니다. 내 본연의 모습으로 나를 지탱하였고, 나를 잊고 살았지만, 최선을 다하였다고 말하지 않던가. 오로지 자아의 완성을 위하여 자존감으로 심연에서 끓어오르는 소명을 다하고 축제의 마당에서 형언할 수 없는 황혼을 불태우지 않았던가. 이제 계절과 함께 잊히고 덩그런 나목만이 군상으로 남겨져 기억하지 못한다고 하더라도 굳이 슬퍼할 이유가 없지 않을까. 뿌리로 돌아가 새봄에 또다시 누군가를 만날 뜨거운 열정을 가슴에 안고 나뭇잎은 오늘도 사랑의 꿈을 꾸고 있다.

벚꽃이 눈처럼 내리는 날

화창한 봄날 온 세상이 하얗게 꽃 잔치를 연다. 어느 지역을 가든 벚꽃으로 물들면 모두가 추운 겨울을 잊고 봄맞이에 마음이 따뜻해진다.

바람이 부는 어느 날 꽃구경을 나섰다. 파란 하늘에 길 따라 늘어선 나무들 그리고 하얀 꽃들이 나에게 눈웃음을 짓고 밝게 맞이한다.

꽃을 피워 봄을 알리고 겨울을 이겨낸 자신의 건재함을 알리는 벚꽃이 사랑스럽다. 화사함과 청초함과 아름다움이 함께하는 꽃길에서 그윽한 미소로 그들에게 감사함을 표한다. 어디선가 바람이 훅 불어온다. 침묵을 지키던 꽃잎이 누가 시작을 알리지도 않았는데 동시에 하늘로 날아오른다. 꽃눈개비다. 꽃구경을 하던 많은 상춘객이 함성을 지른다. 그 함성에 대답하는 듯 하얀 꽃잎은 바람 따라 하늘을 가득 메운다. 흐느적거리는 바람에 음악처럼 리듬을 타는 꽃잎이 그림처럼 우아하게 날아오른다. 빛을 받으며 반짝이는 하얀 꽃잎은 누가 뭐래도 작품이고 예술이다. 마음도 같이 반짝이며 허공을 난다. 마음이 설렌다. 마치 동화의 주인공처럼 환상 속에 나를 가두어 놓는다. 잎도 없이 먼저 꽃을 피운 나무가 하얀 꽃을 하늘 가득 날리니, 마치 한겨울 함박눈이 내리는 것 같은 착각에 빠져든다.

눈이 쏟아지면 꿈길을 걷는 듯하다. 그래서인지 겨울이면 늘 펑펑 쏟아지는 함박눈을 맞으며 걷고 싶다는 생각을 한다. 눈 여행을 떠났다. 마침 눈이 온다. 아니 쏟아지듯 내린다. 겨울철에만 피는 하얀 꽃이다. 그렇게도 바라던 주먹 같은 함박눈이 펑펑 내린다. 순식간에 온 동네를 하얀 꽃이

핀 멋스러운 꽃밭으로 만든다. 나도 모르게 탄성이 입 밖으로 튀어나온다. 탐스러운 눈송이가 새색시같이 차분하면서도 곱게 내린다. 우두커니 서서 내리는 눈을 바라본다. 봄날 바람에 벗꽃이 날리듯 하얗게 내리고 있다. 아무 생각도 없이 바라보는 눈에 눈물이 고인다. 내리는 눈을 바라보면 하늘에서 주는 축복 같아 왠지 모를 행복감에 젖어 들기도 하고 지나간 일들이 하나둘 떠오르기도 한다. 왜 눈은 그런 감정을 주는 걸까. 눈이 펑펑 내리는 모습은 어쩌면 향수이기도 하고 그리움의 이미지이기도 하다.

저녁 식사를 마치고 눈이 내리는 밤길을 달린다. 바람이 세차게 불자 자동차는 갑자기 바닷속을 달리기 시작한다. 바람을 따라 눈송이가 몸을 길게 키우면서 머리를 번쩍 들고 꼬리를 흔들며 날렵한 모습으로 유영한다. 어둠이 바다가 되고 길옆 나무들이 해초인 양 가지들을 흔드는 그 사이로 희고 뽀얀 물고기가 끝도 없이 무리를 지어 달려간다. 저 물고기들은 어디서 왔다가 어디로 가는 걸까. 여러 모퉁이를 돌고 한참을 달려 넓은 들판이 보인다. 세차게 불던 바람이 잔잔해지니 눈은 동심원을 그리며 소복소복 내린다. 눈 속 저 멀리에 어린아이들이 어렴풋이 보인다. 초등학교 앞 희끗희끗 눈이 쌓인 논에 벼를 베고 난 그루터기가 남아 있고 군데군데 얼음이 보인다. 아이들이 공을 쫓아 이리 몰리고 저리 쏠리는 모습이 유영하는 물고기를 닮았다. 몇몇은 한쪽에 모닥불을 피워 손을 녹이고 한편에는 젖은 발을 들어 양말을 말리는 내 모습이 보인다. 아이들과 논 후 집으로 돌아가 양말을 벗을 때면 언젠지 모르게 구멍 난 나일론 양말이 눈에 보였다. 아마 불 위에서 구멍이 났을 텐데 그때는 알지 못했던 모양이다. 어머니의 눈치를 보며 한쪽으로 벗어 놓은 양말이 벌써 몇 번을 기웠는지 여러 색깔의 헝겊이 겹겹이 보인다. 필라멘트가 끊어진 전구를 넣어 또다시 양말을 기우는 어머니의 모습도 희미하게 보인다.

　꽃이 하늘 가득 날리거나 함박눈이 내리면 동심으로 돌아가는 건 왜일까. 하얀빛이 순수함을 부르는 걸까 아니면 기억의 요정이 그리움을 불러내는 것일까. 그저 아련함 속에 먹먹함이 감정을 붙들고 놓지를 않는다. 지나간 것은 그리워진다고 어느 시인이 말하지 않았던가. 지나간 시절의 어느 날이기에 또렷이 기억되는 건 다시는 돌아오지 않을 시간이기 때문인지도 모른다. 지금 이 시간의 오늘이 만들어낸 일과 생각들이 지나고 나면 또 그리워지겠지. 하지만 바쁘다는 핑계로 오늘 하루를 그럭저럭 보내지는 않았는지, 어떤 생각으로 무얼 하며 어떻게 지냈는지 내게 묻는다. 금자가 들어가는 소중한 언어에 지금, 소금, 황금이라는 세 단어가 있는데 그중에 지금이 제일 중요하다는 이야기를 자꾸만 되뇌게 한다. 또다시 꽃잎이 하늘 가득 날리고 함박눈이 내리면 그리워지는 그 날이 오늘이었으면 좋겠다.

엄미정

시간여행

2016년 〈푸른솔문학〉 등단
충북대학교 수필문학상 우수상
충북 Letters작가회 회원

작가의 말

무던히 길을 걸으면 마음을 편안하게 녹여 준다.
세상에서 가장 먼 길은 머리에서 가슴까지 가는 길이란다.
그 길을 가장 단축시킬 수 있는 길, 여행이 아닐까.
여행은 옛것과 새것이 공존하며 또 다른 설렘이 시작되는 순간이다.
인생은 모두가 함께하는 여행이다.
빛바랜 시간들이 모이고 아무것도 아닌 길에서
삶의 여정과 뜻밖의 풍경을 만나기도 한다.
조금 늦은들 어떠하리.
내일의 양분이 될 오늘의 여유 속에 여백을 채워간다.

활화산을 바라보며

비가 내린다. 여행의 하루가 찌푸려지는구나 생각이 들었지만 하와이 섬은 일 년 중 250일 이상이 비가 내릴 정도로 변화무쌍하단다. 비의 하루를 즐겨 보겠다는 다른 의미를 가져보기로 마음을 먹어 본다. 화산국립공원은 비 오는 날의 투어가 제격이라고 하니 실망감은 접으련다. 적당히 시야를 가려주는 안개와 솟아오르는 수증기가 결합하여 지구 어디에서도 볼 수 없는 환상적인 경관을 보여준다는 가이드의 말에 기대를 갖는다.

엄청난 자연의 힘이 표출되고 있는 곳으로 유명한 빅아일랜드 섬, 이번 여행에서 설렘과 기대를 가장 많이 갖게 한 화산국립공원이다. 분출하는 화산을 만나기 위해 고도의 산을 향해 빗속을 내달렸다. 기압이 높아진 탓인지 귀가 먹먹하다가 찢어지듯 열린다. 저 높이 내가 마주할 풍경에 출렁이는 버스 안에서 심장이 두근거린다. 빗소리가 더 세차다. 훼방이라도 하려는 것이려나.

넓디넓은 빅아일랜드 화산공원, 쏟아지는 장대비 속에 거대한 화산지대가 드디어 눈앞에 펼쳐졌다. 멀리 피어오르는 하얀 연기, 붉은 열기의 용암 덩어리가 솟구치는 활화산, 장대비가 내 온몸을 때리고 옷이 흠뻑 젖어도 경이로움에 시선을 피할 수가 없다. 솟구치는 용암에 연기를 뿜어내는 분화구, 불덩이에 살고 있다는 전설 속의 펠레 여신이 화라도 난 것일까. 살아있는 화산이라는 그 이름답게 천둥소리 같은 큰 굉음이 노여워하기라도 한 듯 우렁차다. 지구 어디쯤일까. 마치 지하 어딘가로 연결되어 있는 비밀의 통로인 것 같이 신화 속으로 들어온 느낌이다. 화성이나 달나라로 가면 이런 기분일까? 혼비백산이다. 감동 그 자체다. 낯설고도 비현실적인 광경, 그 어떤 것보다도 위대하고 역동적이다. 힘차게 솟구치는 용암을 바라보니 대자연의 힘에 뜨겁고도 강렬함, 열정 등 여러 가지 단어들이 머릿속을 스친다. 헬기라도 타고 가까이 가 끓어오르는 용암을 내려다보며 관찰해 보고픈 마음이 간절하다. 그러나 그것은 내 욕심일 뿐이다. 시시각각으로 변하고 솟구치는 용암이 거대한 붉은 파도가 되어 나를 집어삼킬 것만 같은 기세다. 나도 언제 저렇게 열정적인 삶을 살아본 적이 있었던가.

세계에서 가장 활발하게 일어난다는 킬라우에아 화산, 지금도 계속 분출되는 용암이 바다로 흘러들어 굳어지면서 섬의 면적이 조금씩 점점 커지고 있다고 하니 놀라울 일이다. 누군가는 자연재해라 하고 또 누군가는 지구의 재앙이라고도 생각하는 화산, 그러나 현지 사람들의 생각은 다르단다. 화산으로 인한 자연의 소멸과 생성을 삶의 일부분이라 생각하며 살아가는 아일랜드 사람들, 그 들의 삶의 이야기가 고스란히 다가오는 듯하다.

화려한 풍광의 중심으로 붉은 용암 덩어리가 블랙 다이아몬드로 존재하고 있다. 용암이 흐른 뒤 식은 암석으로 뒤덮인 섬, 용암이 지상의 모든 것을 검게 변화시키고 있는 곳, 어마어마한 면적이 무채색으로 칙칙하기도 하고 평범하지만 그 어떤 것보다도 화려하고 거대하다.

용암 사이로 만들어 낸 도로가 시원스럽기도 하고 풀 한 포기 자랄 것 같지 않은 굳은 용암 덩어리에서 자라는 고사리의 새 생명이 뭉클하다. 틈새를 비집고 피어 감동의 깊이를 더한다. 그 어떤 것도 생존할 수 없을 거라는 내 짧은 소견도 잠시, 과연 생명체와 무 생명체는 동일한 것일까.

온화한 기후의 바람, 아일랜드 사람들은 자연의 이치를 받아들이며 다가오는 그대로의 삶을 일부분이라 여기며 살아가고 있다. 내 시선에 담겼던 활화산도 사화산도 뒤로하고 이제는 일상으로 돌아가야 한다. 하지만 이 가슴은 왜 이리 뜨거운 회한으로 분출하는가. 살아오면서 언제 한 번

이토록 격동의 순간이 있었던가. 깊이를 알 수 없는 분노 같은 흔들림이 파도가 되어 덮친다.

문학을 한다고 나를 흔들었던 그 많은 꿈들은 어디로 사라졌을까. 그 모두가 형체 모를 사화산은 아니었을까. 활화산도 사화산도 내 삶의 테두리에 존재했던 그 모두가 생명체임엔 틀림없다. 그러나 나는 그것을 외면했다. 활화산의 뜨거움도, 사화산의 차가움도 지켜내지 못한 꿈이었지 싶다. 모든 것이 생명체였음을 몰랐듯이 열정 하나 지켜내지 못한 꿈이 아닌가. 뿜어보리라. 있는 힘 다해….

나의 화산이여 영원하라.

한란

큰딸이 공부를 마치고 박사학위를 받는 날이다. 입춘이 지나고 며칠간 날씨가 따뜻해진다 했더니 느닷없는 눈보라다. 세찬 바람이 흩날리는 눈발을 이리저리 어지럽게 휘몰아친다. 꽃샘추위라고도 할 수 없는 영하 10도의 한 겨울 한파 날씨, 가는 겨울이 오는 봄에게 시샘이라도 하듯 변덕스럽다.

딸이 대학공부를 마치면 취업하겠거니 했는데 6년 전, 대학원 공부를 하겠다며 서울로 갔다. 형편상 방도 제대로 못 얻어줘 창문도 없는 고시원으로 들어가야 했다. 간단히 짐을 꾸려 넣어주고 내려오려니 마음이 무거웠다. 빛이 들어오지 않는 어둡고 좁은 방, 불편하고도 답답한 곳에서 어언 2년을 보내고 나서야 원룸형 월 셋방으로 옮겼다. 계절이 바뀔 때마다 감기 몸살을 앓는다는 소리를 들으면 옆에서 돌봐주지 못하는 안쓰러움에 걱정만 했었다.

얼마 전 알게 되었다. 그 당시 공황장애까지 겪었다고 한다. 부모에게는 알리지도 않고 혼자 이겨냈다는 말에 가슴이 아팠다. 그렇게 맘고생을 하며 외롭게 싸웠으면서도 말없이 혼자 견뎌냈을 딸이 극심한 불안에 떨면서 우울감과 공포감이 얼마나 컸을까. 스스로 자신을 극복한 딸은 심한 독감을 앓았을 뿐이라며 오히려 나를 위로했다. 엄마의 목소리, 위로의 문자 하나로도 응원이 되고 큰 힘이 되었을 텐데 사는 게 바쁘다는 핑계로 무관심했던 것이 후회로 남는다.

더 나은 삶을 위하여 갖은 고생도 마다하지 않은 내 딸은 아마도 한란

(寒蘭)이 아니었을까. 한란은 한 줄기에 두 개의 뿌리를 가지고 있다. 하나는 현재의 삶을 지탱하는 뿌리이고 또 하나는 사후에 다시 생명을 피워내는 자양분의 뿌리이다. 그리고 많은 꽃을 피우지도 않는다. 딸의 삶도 그러하리라. 딸은 힘든 시간들을 버텨내어 석사를 마치고 박사학위까지 이뤄냈다. 주말도 없이 밤을 새우기가 부지기수, 힘든 내색 없이 묵묵히 참아내며 혼자서 버텨낸 딸이 기특하다. 어릴 때도 고열이 나면 울고 보채기는커녕 내 품에 안기어 앓는 소리만 내던 딸이었다. 그 무던함으로 어려운 공부를 단기에 이뤄낸 것이 아닌가 싶다. 한 폭의 수목화로 그린 한란을 내 가슴에 심어준 애잔한 딸이다. 한란은 많은 물을 필요로 하지 않는다. 하지만 향기는 100리를 간다. 제대로 뒷바라지를 해 주지 못했어도 스스로 꽃을 피우고 향기를 품은 딸이 대견하기만 하다.

세찬 바람만큼이나 매번 어려운 고비가 있었을 것이다. 공황장애를 겪었듯 인생의 찬바람을 여러 번 맞았을 터, 한란처럼 고난 속에서 아름다운 꽃이 피는 인생, 인생에 찾아오는 거센 바람을 맞으며 다양한 추위를 이겨내기 위해 꺾이지 않는 날갯짓을 하며 늘 긴장 속에서 살았으리라. 그러나 그렇게 견디는 과정이 있었기에 자신의 꽃을 피웠으리라. 꽃은 저절로 피는 것이 아니다. 고난과 역경이 거름이 되어 지금의 딸로 성장하게 했을 것이다. 성장은 기쁨과 행복을 준다. 성장의 기쁨은 일시적이 아닌 지속적인 것, 세상을 더 아름답게 하는 힘, 단순한 행복 그 이상이다. 목표에 도달하기 위해 끊임없이 기울인 노력의 과정에 박수를 보낸다.

유난히 춥다고 느껴질 때 한겨울 숲에서 푸른 잎을 거두지 않는 은은하고도 향기로운 한란처럼, 자신의 발걸음으로 걷는 인생의 행로가 더 단단해지기를 바라며 더불어 따뜻한 가슴을 가진 사람으로 살아가길 소망한다.

두모악

봄날 제주의 아침 햇살이 찬란하다. 태양 빛을 머금은 푸른 바다는 마치 금가루를 뿌리고 있는 듯 바람에 일렁인다.

그를 만나기 위해 한참 해안가를 달리다 한적한 시골길에 접어들었다. 그가 충청도에서 태어난 사람이라고 해서 그런지 오랜 친구처럼 친근함으로 다가온다. 그는 지독한 가난과 외로움을 견뎌내며 병마의 고통 속에서도 사진 예술의 높은 경지를 연 사진작가이다. 그를 만나고 싶어 서귀포 성산읍에 있는 두모악 갤러리를 찾았다. 김영갑 사진작가가 작품 활동을 하고 사진을 전시하고 있는 두모악은 아담하고 한적하면서도 평화롭다. 천진난만한 아이들의 웃음소리가 들릴법한 폐교를 손수 새로 디자인하고 리모델링하여 갤러리로 만들어 놓았다. 그 이름이 두모악이다.

갤러리 안으로 들어서자 벽에 걸린 작품들이 내 눈을 사로잡는다. 하나하나 사진을 보는 순간 작품에서 세찬 바람이 나에게 다가오는 듯 생생한 현장감마저 든다. 이미 고인이 된 그 사람을 만날 수는 없지만 작품마다 제주를 너무도 사랑한 그의 숨결이 느껴진다.

용눈이오름이라는 작품 앞에 섰다. 볼륨이 풍만하고 선이 부드러워 여인네 젖가슴처럼 봉긋하고 아름답다. 같은 장소일진대 작가는 철 따라 느껴지는 감동을 카메라 앵글로 각각 다르게 표현했다. 이런 대단한 명작을 찍기 위해 얼마나 많은 시간을 기다리고 여러 번 찾았을지 외로운 수도승처럼 고행을 거듭했을 작가에게 연민의 정이 차고도 넘친다.

그는 육지에 살고 있는 사랑하는 사람들과의 인연을 뒤로 하고 아름다운 섬 제주에서 떠돌이 생활을 했다. 필름을 사기 위해 굶주림을 견뎌야 했고 신비한 자연의 모습을 찍기 위해 춥고 어두운 곳에서 외로움을 참아 냈다. 분명 우리가 보지 못하고 느끼지 못하는 더 본질적인 것들을 찾아 헤매었을 것이다. 오롯이 사진만을 꿈꾸며 살다 간 그의 삶은 투철한 자기와의 투쟁이었다. 어느 날부터인가 셔터를 눌러야 할 손이 떨리기 시작했고 허리에 통증이 왔다. 시간이 지날수록 카메라를 들지도 못하고 제대로 걷지도 먹지도 못할 상황에 이르렀다. 그런 그에게 찾아온 건 루게릭이란 불치병이었다. 운명을 자연스럽게 받아들였다. 사진 예술을 위해 그 무엇도 두려워하지 않았고 쓸쓸함을 견디며 오히려 사진과 함께 자유롭고 평온하게 남은 여생을 살다 갔다. 제주의 아름다움을 찍기 위해 셔터를 눌러 대는 그의 손 떨림이 내게도 전해지는 듯 두근거린다.

그는 아주 평범한 풍경 속에서 보통 사람들이 느낄 수 없는 무엇인가를 표현하려고 오랜 시간을 기다리고 또 기다렸다. 한창 열정적으로 활기차게 사진 찍기에 매진할 때의 모습과 죽음을 앞에 두고 살과 근육이 말라가는 마지막 모습의 사진을 나란히 벽에 걸어 놓았다. 대비되는 두 모습의 사진이 상징하는 바는 무엇일까. 저 두 사진 속에서 김영갑 예술인이 우리에게 전하고 싶은 메시지는 무엇일까를 곰곰이 생각해 보았다.

두모악이란, 머리가 없이 목만 남은 모양이라는 두무악(頭無嶽)에서 비롯된 말이란다. 제주도 한라산을 멀리서 보면 양쪽 산줄기가 팔을 벌린 듯하고 산꼭대기 부분은 분화구라 그런지 목 부분이 떨어져 나간 것처럼 보인다. 예부터 육지 사람들이 제주도 사람들을 부르는 이름이었다고도 한다. 두모악이란 말에는 제주도 사람들을 업신여기고 섬사람들이라고 해서 천하게 보는 그런 의식이 묻어 있었다. 또 어떤 슬픔이 배어 있는 듯도 하고 왠지 소외되고 쓸쓸하다는 어감마저 든다. 너무도 제주를 사랑한 사진작가 김영갑, 그는 왜 갤러리 이름을 두모악이라고 했을까….

나는 사진 찍기를 좋아한다. 언젠가는 사진작가가 되어보리라는 작은 꿈을 갖고 있기도 하다. 꿈이 있는 곳에 길이 있다고 했다. 나의 첫 방문이 오래도록 내 마음에 길잡이가 되어 사진작가로 나아가는 길을 만들어 가리라 다짐하여 본다.

갤러리에 있는 내내 작품 속에서 헤어 나오기가 쉽지 않아 오래 머물렀다. 뒤늦게 갤러리 뒤꼍으로 나오니 여기저기에서 작가의 발자취도 느낄 수 있었다. 막 돋아나기 시작한 풀꽃들이 따사로운 봄 햇살에 생기를 내뿜는다.

여행에서 돌아온 후 마음에 깊이 남아 사진집을 감상하고 글도 여러 번 읽었다. 제주의 바람이 느껴졌다. 책장을 넘길 때마다 열정과 아름다움이 나를 자극한다. 바람이 되어 가는 그대, 나 역시 바람 되어 흔들린다.

김영갑, 그의 유골은 자신이 만든 두모악 갤러리 정원에 뿌려져 고이 잠들어 있다. 비록 그의 몸은 한 줌 재로 뿌려졌지만 훌륭한 사진 예술가로서의 사진과 예술혼은 영원히 그곳 두모악에서 나처럼 사진을 좋아하는 이들에게 등대가 되어 줄 것이다.

나이가 든다는 것

　산책길에 내 마음을 비집고 들어오는 붉은 자색 풀꽃이 보인다. 고마리 꽃이다. 내 안의 감성들도 홍자색으로 물들어 흐드러지게 핀다. 가을바람 을 품어 피어났나. 앙증맞고 작은 봉우리들이 톡! 톡! 하나둘씩 꽃망울을 터뜨린다.

　가을 풀꽃들은 봄에서 여름을 거쳐 자라는 동안 저장했던 양분을 가을 철에 뿜어낸다. 짧은 기간 동안 열정적으로 꽃잎을 터뜨리고 열매를 맺는 다.

　홍자색의 고마리꽃을 보며 삶을 들여다본다. 유년기, 성년기, 장년기를 거쳐 어느덧 찾아온 갱년기, 오묘한 단어이다. 나의 초경은 열다섯 살 여름 칠월칠석날, 그때는 부끄러워 쉬쉬하며 여자가 되어갔다. 풋풋할 때가 엊그 제 같은데 내 인생도 어느덧 가을에 접어들었다는 피할 수 없는 나이이다.

　여성호르몬이 부족해지면서 오십견이 오고 우울한 기분이 지속됐다. 무 기력증에 귀찮아지기도 했다. 사소한 일에 화부터 났고 잠이 오지 않아 밤 잠을 새워야 하는 시간들은 다음날 더 예민하게도 했다. 지나간 과거를 회 상하니 후회만이 나를 괴롭혔고 나에게 일어나는 어려운 일들은 갱년기 때문이라고 핑계 아닌 구실을 대며 합리화시켰다. 또, 나와 상관없는 사람 은 모르는 척하게 되고 무관심해졌다.

　앞으로 내가 추구해야 하는 나머지 인생의 방향을 생각하게 한다. 젊어 서 최선을 다해 부지런히 살아온 것, 가정을 꾸리고 자식을 낳아 기른 것, 남에게 해 끼치지 않으려고 한 번이라도 선행을 베풀려고 노력한 것, 내 삶의 가치를 부여해 보지만 과연 방향이 맞았던가. 누군가의 삶을 따라 한다고 그 사람의 삶이 내 것이 되진 않을 것이다. 지나온 시간을 반추해 보면 성취감보다는 아쉬움이 많다. 이젠 나를 비추는 시간들로 살아가야 하지 않을까. 요즘은 작은 일에도 상처받고 괜스레 눈물도 나고 욱하기도 하며 지극히 아름다운 것을 만나면 출렁이는 감정에 가슴이 뻐근해지는 순간도 있다. 내가 살아낸 인생을 후회하지 않으려면 지금 하는 일에 최선을 다하면 되지 않겠나. 그때로 다시 되돌아간다 해도 그 이상은 내가 할 수 있는 일이 없다.

갱년기를 겪으며 가장 나쁜 건 갇힌 공간에서 나를 가만히 들여다보는 것이다. 여성호르몬을 깨우고 젊음의 스위치를 켜야 한다. 나이 들어가며 무엇을 하면 좋을지 내가 할 수 있는 일을 생각해 본다. 한때 독서를 즐기고 글을 썼었지만, 내 안의 이야기를 막상 글로 표현하려니 만만치 않았고 잘 다듬어진 글을 만나면 머뭇거렸다. 등한시하며 미뤄뒀던 글쓰기를 다시 시작하기 위해 컴퓨터 앞에 앉았다. 우리는 각자 나만의 이야기를 지니고 있다. 결은 다르지만 서툰 내 글에도 고유의 색채가 담겨 있다. 큰 욕심 부리지 않고 진솔한 표현을 풀어낸다면 내 작은 이야기가 누군가의 내면에 스며들지 않을까. 그 또한 의미 있는 일이리라. 내면의 공허함을 채우고 성숙을 통해 갱년기의 두려움, 우울, 무기력함을 극복하기 위해 재도전의 용기를 내본다. 그러다 보면 어느 날인가는 찬란하게 나를 비추는 날이 올 것이다.

지금 내가 누리고 있는 오늘이 얼마나 소중한가. 우리가 일상에서 겪는 크고 작은 아픔과 고민들이 괴롭긴 해도 그것들을 느낄 수 있는 살아있는 존재임에 늘 감사하며 살아야 한다는 생각이 든다. 감사하다는 의미에 더 많은 것을 담게 되는 익은 나이가 아니던가. 나이가 들어간다고 열정을 키우지 않으면 영혼에도 주름살이 생긴다. 내 안에 나밖에 없다면 얼마나

가난할까. 내 안에 많은 사람들이 있었으면 좋겠다. 보석은 빛을 발하지만 온기를 주지는 않는다. 가슴을 열면 내가 기쁘다. 논리적이고 이성적인 것보다는 마음으로 다가가면 문이 열린다. 마음이 열린다.

향기롭게 익어가고 싶다. 갱년기라고 우울하거나 너무 서글퍼 할 필요도 없다. 인생에 거둘 것이 없는 삶이 더 서글프지 않겠는가. 지금이 가장 행복한 것이다. 왜냐하면, 앞으로 펼쳐질 삶이 더 나을 거란 생각에 물들어 있기 때문이다. 내면이 견고한 어른이기를 바라는 것, 내가 아는 사람들과 아름다운 관계의 연속이 이어지기를 바라는 마음, 나이를 따라 정화된 울림이 향기롭게 흘러서 후회 없는 삶의 길로 들어서는 것이다. 도로를 달리다 보면 어두운 터널을 만나듯 인생에서 어차피 거쳐야만 하는 길이라면 지혜롭게 헤쳐 나가야 하지 않을까.

글과 가까이하기 좋은 계절, 이 가을 말랑해진 나의 감성을 찾아 오늘도 뚜벅뚜벅 걷는다.

친구를 보내며

날씨가 잔뜩 흐리다. 습도의 무게에 눌려 몸도 마음도 무겁다. 예고한 빗줄기는 물풍선이 터지듯 엄청난 장대비가 되어 퍼붓기 시작한다. 와이퍼가 헐떡거릴 만큼 쏟아지는 빗줄기는 나를 빗속에 가두고 만다. 잠시 차를 세우고 소낙비가 멈추기를 기다렸다. 유리창에 하얗게 부서져 튕겨 나가는 물줄기를 바라보면서 우중충한 내 마음을 개운하게 씻어내고 있다. 시원하다. 이렇게 한줄금 내리니 가슴이 뻥 뚫리는 듯싶다. 물줄기는 금세 모여 얕은 곳을 향해 흘러내린다. 급박한 상황에서도 자연은 순리대로 길을 찾아 흐르고 앞다투어 가듯 물줄기는 아주 급하게 길을 떠나고 있다.

멀리 있는 친구에게 전화가 왔다. 반가움은 아주 잠시였고 빗길에 교통사고가 났다는 친구의 죽음을 알리는 비보였다. 나는 한동안 말을 잃었다. 소낙비를 걷어내고 내 시야를 열어주기 위해 혼신을 다해 움직이던 와이퍼처럼, 친구의 모습이 눈앞에서 허덕거리는 듯하다. 친구가 살다 간 인생을 보는 것 같아 내 몸은 천근만근 젖어가고 있었다.

몇몇 동창들과 장례식장으로 갔다. 왜 그렇게 환하게 웃고 있는 걸까. '친구는 힘들어도 웃는 친구, 희망을 안고 사는 친구였지.'라며 마음을 추스르고 마지막 인사를 했다. 아빠를 잃은 슬픔에 두 딸의 얼굴에 먹먹한 슬픔이 가득했다. 친구의 어머니는 그동안 뒷바라지 한 번 제대로 못 해줬다고 통곡을 했다. 생때같은 자식을 앞세운 부모의 슬픔을 어찌 다 헤아릴 수가 있을까. 슬픔 그 자체보다 더 힘든 것이 슬픔을 슬퍼하지 못하는 거라 했거늘.

초등학교 시절 6년간 봄 소풍은 늘 오가리였다. 줄지어 비포장도로를 걷다 보면 오가리에 닿을쯤 우측으로 작은 집이 한 채 있었다. 그 집이 친구의 집이었고 중학교에 입학한 후 수몰 지역으로 사라졌지만 내 기억 속에는 아직도 오롯이 남아 있다. 친구는 아버지를 일찍 여의고 어머니와 삼 형제의 장남으로 어렵게 살았다. 전교 회장을 할 만큼 참 바르고 공부도 잘하는 멋진 친구였다. 중학교 졸업 후 소식을 몰랐으나 몇 년 전 동창회에서 만나 친구가 준 명함을 받고 블로그를 통해 그간 여러 번 진로를 바꿔야 하는 좌절을 겪으며 치열하게 살아온 삶을 알게 되었다. 고등학교 때부터 객지 생활을 하며 혼자의 힘으로 공부해 박사학위를 취득했고, 주경야독으로 법무사까지 취득했다는 합격 수기의 글을 읽고 감동을 받아 격려하고 위로했다. 우리 동창들은 수몰 지역으로 인해 흩어져 소식을 알 수 없었던 친구들이 꽤 있었다. 그중 가장 치열하게 자기의 삶을 개척해 성공한 친구로 손꼽았는데 이렇게 빨리 가려고 밤낮을 가리지 않고 생을 채웠단 말인가.

돌아오는 발걸음이 어찌나 무겁던지 어두운 차창 밖이 암울하다. 인생사 내일 일을 알 수 없다더니 참으로 허망하고 야속하기만 하다. 죽는다는 것은 늙어서 명을 다한 사람이 가는 길이라고 막연하게 생각했던 나는, 죽음은 언제 누구에게나 올 수 있다는 생각이 든다. 삶과 죽음이 너울대는 머릿속이 혼란스럽다.

삶을 되돌아본다. 누구나 죽는다. 다만 죽음의 이유가 다를 뿐, 친구는 조금 먼저 떠났을 뿐이다. 나에게 주어진 생도 알 수가 없다. 언젠가 사는 게 지루하고 허망하다고 느낀 적도 있었다. 내 주변의 인연을 사랑하며 건강한 삶을 살아야 한다고 생각하니 하루하루가 더 소중하고 애틋해진다. 그저 평범하게 살아가는 것이 후회하지 않는 삶이런가. 평범함 속에도 분명히 나를 일으키는 그 어떤 힘이 있을 것이다. 어떻게 가치 있는 삶을 살아갈 것인가에 대해 의미를 찾아가듯 내 인생을 사유하게 한다.

불교에서는 윤회라고 했던가. 차창에 흘러내리는 물줄기는 다시 구름이 되리라. 구름은 다시 빗줄기가 되어 대지에 흘러내릴 것이다. 언젠가 나도 사랑하는 사람들과 이별을 해야 할 것이고 누군가는 사랑하는 사람을 잃은 상처를 가슴에 묻고 또 그 길을 따라 살아갈 것이다. 친구는 주어진 인생을 치열하게 살았으며 그 삶을 사랑했고 세상에 빛을 주고 떠났다. 뭉게구름이 뭉글뭉글 몰려다니는 하늘을 보며 친구가 다 못 살고 간 삶을 메워가며 살고 싶다. 이제부터 내 인생을 가꾸며 살아가야 한다는 생각으로 친구의 죽음에서 헤어 나오려 한다. 무섭게 쏟아붓던 장대비도 끝났다. 나의 옛 벗은 내 기억 속에 영원히 남아 아득히 먼 길로 긴 여행을 떠났다.

시간 여행

　나에게는 너무나 소중한 보물 상자가 하나 있다. 그것은 낡고 색이 바랬지만 추억이 담긴 아주 오래된 종이상자이다. 글만이 유일한 소통이던 시절에 받은 편지들이 수북하다. 펜팔 편지, 군인 아저씨한테 받은 편지, 소소한 쪽지들까지 나의 추억들이 가득했다. 겉봉투부터 하나하나 옛 추억을 더듬는다. 행정 우편이라는 갈색 봉투가 눈에 띄어 열어보니 중학교 2학년 때 담임을 맡으셨던 선생님께서 고3 크리스마스에 보내주신 편지다.

　'귀여운 미정이에게'로 시작된 문장이 감동으로 다가왔다. 아마도 고등학교 졸업을 앞두고 대학 진학을 할 수 없게 되자 고민이 많았는지 선생님께 편지를 보냈었나 보다.

　"함박눈이 고공 무용으로 난무한 이때 거리에는 갈 바를 몰라 우왕좌왕하는 청소년이 많은데도 미정이는 배우는 굳건한 여성으로 성숙 되어가고 있겠지….

　바쁜데도 잊지 않고 미정이의 정성 깃든 행복을 비는 연하장을 받고 얼마나 기뻤는지 난 몰라.

　미정, 많은 제자를 길러냈는데도 잊지 않고 변함없이 정을 날려 보내는 미정이 그 갸륵한 마음 평생 잊지 않고 나는 길이길이 기억할 거야….

　바쁘더라도 우리 집에서 가까우니 한 번 놀러 와…"

　편지지 한 장을 가득 메운 선생님의 글에 뭐라 형용할 수 없을 만큼 가슴이 뭉클함으로 다가왔다. 참 온화하신 분이셨는데…. 선생님께서는 생존해 계실까? 대략 연세를 추측해보니 80대 중반이시지 않을까 생각이 들었다. 혹시 동창 중에 소식을 알고 있는 친구가 있을까 싶어 연락을 해보니 ○○교회 장로님이셨다는 이야기를 들을 수 있었고, 또 다른 친구는 시 작은어머니께서 같은 교회를 다니신다고 해 전화번호까지 받을 수 있었다. 저녁시간이라 다음날 전화를 걸었다. 안 받으신다. 이틀이 지나고 다시 걸어 통화가 됐다.

"여보세요~." 한마디에 선생님이시다 라는 느낌이 왔다.

선생님께서는 기억이 난다 하셨고 이 얘기 저 얘기 하니 얼굴까지 생각난다는 기쁨에 궁금했던 것들을 여쭤보기에 바빴다. 건강은 어떠신지, 연세는 어떻게 되시는지, 여든 하나시란다. 생각보다 적으셨고 5년 전 돌아가신 아버지와 같은 연세라 하니 더 반가웠다. 사실 은근 걱정도 있었다. 살아계실지, 혹시 몸이 편찮으셔서 시설에 가 계시진 않을지. 다행이었다.

며칠 후 선생님과 함께 식사를 하기 위해 시간 약속을 하고 아파트로 가 내려오시라고 전화를 드렸다. 40년 전 그 풋풋했던 교복의 단발머리 소녀 시절로 돌아간 듯 선생님을 기다리는 설렘에 내 발이 동동거리는데 중절모자에 마스크를 쓰고 내려오셨다. 단번에 알아보시고 손을 덥석 잡아 주셨다. 고맙다. 고맙다를 연발하시더니 올라가서 차 한잔하고 가자고 하셨다. 선생님께서 직접 내려주시는 따뜻한 커피를 마신 후 사모님과 함께 점심식사를 했다. 사모님과는 첫 대면인지라 서먹할 것도 같았는데 어머니처럼 포근하게 느껴졌고 선생님 역시 돌아가신 아버지를 뵌 듯 마음이 넉넉해져왔다.

두 분과 셀카도 찍고 예전에 보내주셨던 편지를 보여드렸더니 사모님께서 소리 내어 앞부분을 읽으셨다.

"당신 문학소녀이었네요? 나한테는 이런 말 안 해줬었는데…" 하셔서 유쾌하신 사모님 덕분에 웃음이 더 잦았다. 그 당시 대학 공부 못한 거 마흔이 되어서야 공부 시작해 졸업했고 그 인연으로 좋은 글 벗들과 글쓰기 모임도 하고 있다고 말씀드렸더니 아주 잘했다며 칭찬을 아끼지 않으셨다. 식사 중에도 맛난 음식을 내 앞에 밀어주시고 오랜만에 느끼는 마음의 여유가 참 많이도 따뜻했다.

식사를 마치고 바로 댁으로 모셔다드릴까 하다가 "선생님 힘들지 않으시면 드라이브하실래요? 오랜만에 ○○중학교 가봐요."

좋기야 하지만 바쁜 시간 뺏는 거 아니냐고 하시길래 오늘 하루 선생님 뵈려고 비워놨다고 했다. 사모님께서는 달리는 창밖을 바라보시고 코로나 때문에 교회나 왔다 갔다 하고 집에만 있어 벼가 누렇게 익어가는 것도 못 보는가 했는데 생각지 못한 제자 덕분에 보게 됐다며 좋아하셨다.

교문을 들어섰다. 선생님과 함께했던 교실을 찾아갔지만 학생 수가 줄어서인지 별실이었던 교실은 사라지고 없었다. 그때의 교실 풍경은 운동장을 걸으며 추억을 더듬어 회상했다. 가을은 깊어 가고 사제 간의 정도 더 깊어진 것 같아 마음은 어느새 풍선이 되어 높은 하늘에 닿아 있었다.

나는 또 하나의 추억을 보물 상자에 담을 수 있었다. 40여 년이 물 흐르듯 지나간 공백 기간을 차곡차곡 포개 담듯 소중한 오늘을 저장한 나의 보물 상자이다. 사람들은 귀하고 좋은 것만 보물 상자에 담아 둔다지만 나에게는 지난 것들의 추억들이 어떤 보석보다도 더 소중하다고 여기며 살고 있다. 다 지니고 살 것 같지만 개개인의 추억은 그 사람만의 귀중한 재산이 아닐는지. 훗날 이 세상에 존재하지 않는 날, 나를 기억하며 작은 미소라도 지어준다면 그걸로 내 추억은 영원히 아름다울 것 같다.

최재우

아무도 가지 않은 길

중·고등학교 교장 정년퇴임
2014년 이후, 충북대학교 평생교육원 수필창작반 수강
〈나목에 빈 둥지〉로 등단(2015)
전국문화원연합회 주관, 향토사 논문대회 대상(1991)
제1회 충북대 수필문학상 대상(2014)
올해의 우수작가상(푸른솔문인협회)(2023)
충북 Letters작가회 회원

지금
프로스트의 시처럼, 아무도 가지 않은 길을 가고 있다.
검은 베레모를 쓰고, 창공에서 낙하산을 폈다.
학교에서 학생들에게 국사를 가르치면서,
마라톤으로 백 리 길을 달렸고, 산꾼으로 백두대간을 밟았다.
아이언맨(iron-man)으로, 바다를 헤엄치고, 바닷가에서 달렸다.
다 읽지도 않으면서, 수십 년간 오래된 책을 모으고 있다.
40년 교편생활을 뒤로하고,
지금은 '수필'이라는 글밭을 가는 펜을 들었다.
아무도 가지 않은 길을 가면서, 아무도 써보지 않은 글을 써보고자,
오늘도 가보지 않은 길을 가고 있다.
언제나 새로운 글의 길을 향하여!

작은 새

　태풍 링링이 할퀴고 지나간 산은 거칠고 어수선하다. 간밤에 불어닥친 강풍을 견디지 못한 아름드리 소나무는 부러져 불그스레한 속살을 드러낸 채, 산길을 가로막고 있다. 길가에는 잔가지와 떨어진 잎새들이 수북하다. 밤새 쏟아진 폭우는 급한 물살이 되어 계곡을 하얗게 뒤집어 놓았다. 이제는, 비바람을 견뎌낸 나무들이며 산들이 더욱 의젓해 보인다.

　태풍이 북쪽으로 사라졌다는 뉴스를 접하고, 아침 일찍 산으로 길을 나섰다. 며칠 산을 오르지 못해 그런지 발걸음이 바빠진다. 한참 산길을 오르는데, 저만치 앞에 거무스레한 뭔가가 보인다. 몇 걸음 다가가 보니, 그것은 새의 사체(死體)였다. 어둠 속을 강타하는 바람에 다친 새가 파닥이다가 생명을 다하곤 저리 널브러져 있다고 생각하니, 가엾고 애처로웠다. 한 줌도 안 되는, 작은 몸집의 산새였다. 검은 빛깔이 나고, 날개에 흰빛이 섞여 있었다. 입을 벌린 채 죽었는데, 바람이 헤집은 털 사이로 희끗한 속살이 보였다.

　인간은 추억을 먹고 사는 동물이라는 말이 있던가…? 이상한 일이다. 죽은 새의 모습을 보고 있자니, 사십 년도 더 된, 오래전 추억이 아련하게 가슴으로 밀려든다. 어깨에 새의 문신(文身)이 있었던 그 M양은 지금 어느 하늘 아래서 살고 있을까…?

　내 나이 스물여섯 살, 군에서 갓 제대한 나는 읍 소재지 학교에서 교편을 잡고 있었다. 그 시절에는 선생님들이 일주일에 한 번씩 직원체육이라고 하여 배구 시합을 벌였다. 시합이 끝나고 나면 친목회에서 준비한 술과

음식을 실컷 먹었다. 어떤 때는 퇴근 시간이 지난 뒤에도 도전에 또 도전을 하면서 캄캄해질 때까지 시합을 벌였다. 한번은 읍내 고급음식점인 국일관에 맥주를 배달시키고, 그 술값을 내기로 하는 시합을 벌였었는데, 그때 M양이 맥주와 안주를 보자기에 싸서 배달을 왔었다. M양은 그 요정의 술집 아가씨였다. 중간 휴식 시간에 그녀가 잠깐 배구를 하는데, 모두 깜짝 놀랐다. 대단한 실력이었다. 나는 학교에서 주 공격수(스파이크)였는데, 그녀는 몇 번 연습 만에 내가 스파이크하기에 딱 맞는 공(토스)을 띄워 주었다.

한번은 학교 인근 마을의 청년들과 배구 시합이 벌어졌다. 큰 내기를 걸었다. M양을 우리 학교 배구선수로 둔갑시켰다.

배구 시합의 승패는 공격수의 강한 스파이크와 전위 세타의 토스가 매우 중요하다. 공격수 킬러와 전위 세타는 서로 몸짓과 눈빛으로 말한다. 그날은 내 몸이 신들린듯하였다. M양은 물찬 제비였다. 그녀가 검지 손가락을 펴면 나는 공보다 먼저 점프하여 얼굴 앞으로 떠오르는 공을 내리친다. 상대편이 수비할 겨를도 없이 공은 상대방 코트로 꽂힌다. 이른바 속공이다. M양이 주먹을 쥐면, 나는 순식간에 M양 뒤로 돌아가 스파이크를 날려서 상대방의 블로킹을 따돌린다. 한 번도 이겨본 적이 없다던 인근 마을 연합팀을 이겼다. M양은 시합이 끝나자마자 국일관으로 돌아갔다. 그날 마을 청년들과 어울려 밤이 이슥하도록 술을 마셨다. 그 후에 한두 번 학교 회식 관계로 그 술집엘 갔었다. M양은 술자리 가운데, 이를테면 교장선생님이나 육성회장이 앉아있는 곳 근방에 있었고, 나는 말석인 가장자리에 앉아있었다. 선생님 중에는 작은아버지와 친구 되는 분도 있었다. 그곳은 내 고향이어서 늘 행동이 조심스러웠다.

그해 팔월 즈음의 어느 여름밤이었다. 학교에서 숙직을 하고 있는데, 전화가 왔다. M양이었다. 다짜고짜 나한테 술 좀 사줄 수 있느냐는 것이다.

술을 사준다면, 맥주와 안주를 가지고 숙직실로 올라온다는 것이다. 학교는 읍내로부터 좀 떨어진 언덕배기에 있었다. 좀 당황스럽긴 했지만, 나는 엉겁결에 그러라고 하였다. 그 무렵에는 숙직을 하면서 술을 시켜 먹는 일이 종종 있었다. M양이 읍내 택시를 타고 학교로 올라왔다. 얼굴이 어두워 보였다. 잔디가 잘 가꾸어진 수돗가 옆 벤치에 앉아서 맥주를 마셨다. 배구 시합 때가 아니고, 이렇게 가까이에서 얼굴을 마주 보기는 처음이었다. 학교의 방범등 불빛에 비치는 M양의 얼굴은 창백하였다. 맥주를 마시다가, M양의 어깨를 언뜻 보니, 거기에 문신이 있었다. 날개를 펼친 새 한 마리가 어깨에 새겨져 있었다.

그날 밤 M양은 자신의 과거를 나에게 털어놓았다. 그녀는 서울의 D여상 배구선수였다고 하였다. 아내가 있는 코치 선생님에게 몸을 망쳤다는 것이다. 그 후 이러저러한 사건이 있었고, 그래서 화류계에 발을 들여놓게 되었노라고 하였다. 그녀는 울먹이고 있었다. 나는 그녀의 어깨를 감싸주지 못하였다. 오늘 초저녁에 국일관에 들른 연세 많으신 선생님들이 하시는 말을 들어보니까, 최 선생님이 오늘 숙직이라는 걸 알게 되었노라고 하였다. 그날 밤 늦게 나는 그녀를 자전거에 태우고 국일관까지 바래다주었다.

얼마쯤 뒤 봉급 날, 나는 그날의 외상값을 갚고자 국일관에 들렀다. 그녀가 보이지 않았다. 마담이 하는 말이, 그때 그 술값은 M양이 다 계산하였다고 하면서, 최 선생님이 오면 술값을 받지 말라고 당부를 하였다는 것이다. M양은 어디로 갔느냐는 내 재촉하는 질문에 마담은, 그도 잘 모르겠다고 얼버무렸다. 그리고는 말길을 돌렸다.

그 무렵, 나와 M양 같은 청춘들이 즐겨 부르던 노래가 있었다. 서른세 살에 요절한 가수 김정호가 곡을 짓고, 부른 〈작은 새〉라는 노래다. 지금도 가끔 그 노래를 듣노라면, 내 가슴이 뜨거웠던 시절의 추억이 가슴에 파문을 일으킨다.

고요한 밤하늘에 작은 구름 하나가 바람결에 흐르다 머무는 그곳에는
길 잃은 새 한 마리 집을 찾는다
세상은 밝아오고 달마저 기우는데 수만 리 먼 하늘을 날아가려나
가엾은 작은 새는 남쪽 하늘로 그리운 집을 찾아 날아만 간다

이름 모를 소녀

오래된 엘피판에서 노래가 흘러나온다. 갓 서른을 넘기고, 세상에 가장 애잔한 노래만 남겨놓은 채 요절한 가수 김정호의 노래다. 잔잔한 호수에 깔린 물안개가 실바람에 일렁이는 음률이다. 외로운 가지에 달랑 잎사귀 한 닢이 바람에 떨리면서 우는 소리 같은 음색이다. 꽤 여러 잔의 맥주로 내 마음은 축축해져 있다. 그 노래, 〈이름 모를 소녀〉를 듣고 있노라니, 노래보다 먼저 내 마음은 히말라야로 떠나고 있었다.

네팔 히말라야를 트레킹하다가 마음이 찡했던 적이 있다. 어느 소녀를 보고 그랬다. 몇 날 며칠을 걷고, 또 자고 하면서 점점 더 깊은 히말라야 산자락으로 숨어들고 있었다. 문명은 점점 더 멀어지고, 발아래로 굽어보면 생전 처음 보는 수십 가지의 꽃들이 길가에 피어오르고, 고개를 들고 쳐다보면 멀리 흰 눈 덮인 검푸른 산이 점점 다가오고 있었다.

이제는 더 걸을 수 없다. 바닥난 체력으로는, 더 오를 수도 없다고 생각되었을 즈음에, 집이 서너 채 있는 마을이 나타났다. 우리 청소년 희망 원정대는 그 마을 옆에서 야영을 하였다. 그 이튿날 마을 아래로 내려가니, 히말라야 만년설이 녹아내린 물이 고인 호수가 있었다. 그 호숫가에 남동생을 돌보고 있는 소녀가 있었는데, 열 살 남짓 보였다. 소녀를 보는 순간, 콧등이 찡해온다. 문명의 옷치레를 하고, 그 앞에 서 있는 내가 겸연쩍고 왠지 미안한 마음이 들었다. 한 번도 빗어본 적이 없는 듯 헝클어진 머리다. 히말라야의 바람과 햇볕에 그을린 얼굴빛은 검은 보석처럼 까무잡잡하다. 휘둥그레 큰 눈은 온 세상의 슬픔이 다 들어가고도 남을 듯하다. 촉촉

한 두 눈과 도톰한 입술, 살짝 콧구멍이 보이는 몽툭한 콧등에서 전해지는 표정에는, 사람의 발길이 닿지 않은 히말라야 흰 눈 같은 마음이 읽어진다. 눈동자는 만년설이 녹은 호수처럼 맑고 영롱하다.

나는 소녀에게 뭐라고 말하고 싶었다. 그러나 말하지 못했다. 그게 꼭 히말라야의 말을 몰라서 때문만은 아니었다. 나는 소녀에게 말 없는 말을 걸었다. 히말라야 먼 산을 쳐다보다가, 고개를 돌려 소녀를 보았고, 풀밭에 흩뿌려진 히말라야의 꽃을 보면서, 소녀를 올려다보았다. 삶이란 게 숱한 만남이 아니던가. 어떤 만남은 만나지만, 곧 잊힌다. 어떤 만남은 단 한 번인데, 오래도록 잊히지 않는다. 히말라야 외진 마을에서 만난 어느 소녀와의 만남이 바로 그러하였다. 나는 거기서 세상에서 가장 착한 어느 소녀를 만났다. 세상에서 가장 외로운 소녀를 만났다. 소녀를 처음 만났지만, 그러나 처음 만난 게 아니었다. 언젠가 어디선가 만난 듯도 하였다.

국민학교 다닐 때, 방학 때마다 외갓집을 갔다. 동생들을 데리고 외가에 가는 일처럼 설레는 일은 없다. 아침나절 출발하면 저녁나절쯤에야 도착하는 먼 길이다. '한티재'라는 큰 고개를 넘어야 하는데, 그 고갯마루에서 보면 내가 사는 동네가 가물가물 보이고, 외가로 가는 길이 산골짜기로 굽이굽이 돌아 꼬리를 감춘다. 고개를 넘어 한참을 내려가다가 이제 평평한 길이 시작될 즈음에 외딴집이 한 채 있고, 길가에는 샘터가 있었다. 그곳에서 물도 마시고, 좀 쉬었다가 다시 길을 재촉한다.

그 외딴집에 한 소녀가 살고 있었다. 외가에 갈 때 가끔 그곳 샘터에서 소녀를 봤다. 가다가 배고프면 먹으라는 인절미를 그 소녀에게 두서너 개 준 적도 있다. 외갓집을 가고 올 때, 샘터에서 그 소녀를 가끔 만나면서, 그곳을 지날 때 그 소녀가 없으면, 괜히 허전한 마음이 들었다. 어떤 때는 샘터에 없었는데 한참을 내려오다가 뒤돌아보면, 그 소녀가 샘터에 어른거리는 게 보였다. 한번은 샘터에서 바가지로 물을 떠먹는데, 그 소녀가 손가락으로 바가지를 가리키는 것이었다. 나는 물을 떠서 그 소녀에게 건네었다. 그때 그 얼굴이 지금도 선하다. 눈이 크고, 얼굴이 까무잡잡하였다.

청주로 유학을 와 중·고등학교에 다니면서, 한티재를 넘어가는 외갓집 나들이는 끝났다. 교통편이 발달하면서, 버스로 큰 산을 돌아서 외갓집에 다녔다. 그것도 어쩌다 가끔.

군에서 제대하고 고향 근처 읍소재지 여자고등학교에서 고삼 담임을 하고 있을 때였다. 학기 초에 개별 상담을 하는데, 어느 학생과 얘기를 하다 보니, 그 여학생이 한티재 아래 큰 마을에 살면서 버스 통학을 한다는 것이다. 오래전 추억이 떠올라, 그 외딴집 소녀를 넌지시 물어보니, 단박에 그 소녀 얘기를 해 준다. 그 소녀와는 육촌 간인데, 그 언니는 어려서 큰 병을 앓고 벙어리가 되었다는 것이다. 십여 년 전에 시름시름 앓다가 죽었고, 딴 데로 이사를 가서, 지금은 거기에 아무도 살지 않는다는 것이다. 순간, 마음이 억새풀에 베인 손가락처럼 아렸다. 피가 송글송글 맺힌다. 그 샘터를 지나면서, 꽤 여러 번 그 소녀를 봤었는데, 그 소녀가 벙어리였다는 것을 왜 몰랐을까? 내 마음에 구멍이 뚫리면서 무언가가 빠져나가는 기분이 들었다.

오래된 음악은 마법을 일으키는가 보다. 지그시 눈 감고 있는 나를 히말라야로 데려갔다가, 한티재로 데려갔다가. 다시 칠십 대 노년의 오늘로 데려다 놓는다. 한 번도 얘기를 나눠본 적이 없는 이름 모를 소녀, 그러나 백 마디 말보다 더 은근하고 순수한 말을 건네었던 어느 이름 모를 소녀가, 지금 슬픈 노랫가락 속에서 나에게로 다가오고 있다. 오늘따라 목을 타고 넘어가는 에일 맥주가 유난히 쌉싸래하다.

출렁이는 물결 속에 마음을 달래려고
말없이 기다리다 쓸쓸히 돌아서서
안개 속에 떠나가는~~
이름 모를 소녀

킬리만자로의 표범

　지난 8월 29일, 일요일 밤 8시에 방영된 TV 화면에 나의 시선이 꽂혔다. '산 넘어 삶'이라는 자막이 보인다. 직감적으로, 7월 19일 히말라야에서 조난당한 산악인 김홍빈 대장의 '히말라야 다큐멘터리'라는 것을 알았다. 나는 얼어붙은 사람처럼 곧추앉아, 삼가 조문하는 마음으로 그 특집을 다 봤다. 감동과 슬픔이 함께 밀려왔다.

　그는 전라도 광주대학교 출신의 산악인이다. 산이 곧 삶이었던 그는, 북아메리카에서 가장 높은 매킨리봉을 혼자서 등반하다가 사고를 당한다. 목숨은 간신히 건졌지만, 동상으로 손목과 함께 열 손가락 모두를 잘라내야 했다. 그는 이제 산에 오를 수 없었다. 바위 절벽으로 오르면서, 생명줄인 자일을 잡을 수 없다. 얼음 눈밭에서 피켈을 찍으면서 몸을 지탱할 수도 없다. 그러나 그는, 장애를 극복하고 다시 산에 오른다. 장애인으로는 세계 최초로 7대륙 최고봉에 올랐고, 그리고 '히말라야 14좌(座) 완등(完登)'이라는 거대한 목표에 도전하여 왔던 것이다.

　세계에는 가장 높은 에베레스트(해발 8,849m)를 포함하여, 높이 8,000미터가 넘는 산봉우리가 딱 14군데 있다. 모두 히말라야산맥에 있다. 14좌를 모두 오른 이는, 전 세계에 사십여 명이 있고, 우리나라에는 단 여섯 명이 있을 뿐이다. 장애인으로서, 14좌를 모두 오른 이는 아직은 없다. 고산지대라서 산소가 희박하여, 체력 소모가 급격히 온다. 눈사태가 나면, 순식간에 송두리째 절벽 아래로 추락한다. '악마의 입'이라고 불리는 크레바스, 얼음굴에 빠지면 매달린 채 죽어가야 한다. 단 하나뿐인 목숨을 담보로

하는 극히 위험한 도전이다. 숱하게 많은 사람이 히말라야를 오르다가 목숨을 잃었다. 히말라야 설산에는 어떤 신비(神祕)가 있는가 보다. 사람이 만든 말과 글자로는 표현할 길이 없는, 어떤 영감(靈感)이 있는가 보다. 산악인, 알피니스트들이 자석처럼, 히말라야로 끌리고, 그 높은 곳으로 오른다. 지금도 히말라야 설산을 오르는 불타는 영혼들의 순례는 이어지고 있으리라.

2021년 7월 18일 오후 4시 18분, 김홍빈 대장은 드디어 브로드피크(해발 8,047m) 정상에 선다. 열 손가락이 없는 장애인으로, 세계 최초로 '히말라야 14좌 완등'이라는 위대한 기록을 달성한다. 도전에 나선 지, 삼십여 년의 세월이 흘렀다.

이 세상에는 소설 같은 삶이 있다. 희극과 비극이, 행복과 불행이 서로 꼬리를 물고 올 때가 있다. 산사나이 김 대장이 그랬다. '왜 하필' 14좌 완등이라는 위대한 기록을 쓰고, 바로 그날! 그는 히말라야 설산에서 생(生)을 마감한 것인가?

그는, 왜 '만약에'라는 가정(假定)을 늘 말해왔을까? "만약에, 히말라야에서 사고가 나면, 나를 찾지 말라! 나를 찾는 수색 활동을 하다가 또 다른 인명사고가 날 수도 있다. 죽어서까지 남에게 폐를 끼치고 싶지 않다. 산에 그대로 묻히고 싶다." 그가 가족과 지인들에게 늘 해왔던 말이다. 그가 실종된 후, 헬기 정찰만 마치고, 그의 숭고한 뜻에 따라 시신을 찾는 수색 활동은 곧 중단되었다. 꽤 드문 일이다.

한 달여 전에 죽었으나, TV 화면으로 보이는 그는, 지금 살아있다. 산바람이 헝클어진 갈색 사자머리를 쓸어넘긴다. 둥글넓적한 얼굴에, 깊게 패인 주름으로 웃음 짓는다. 벙어리장갑을 낀 듯한 몽당손으로 어서 오라는 듯 손짓한다. 김 대장이 밤새 등반하다가 일출을 맞는다. 발아래 하얀 히말라야 연봉(連峯)들이 꼭대기에서부터 황금빛으로 물들면서 먼동이 터온다. 내게도 잊히지 않는, 히말라야의 새벽이 파노라마로 펼쳐지고 있다. 오륙 년 전에 떠났던, 히말라야 트레킹의 체험이 새록새록 되살아난다. 나도 김 대장 바로 옆에서 무거운 발걸음을 떼고 있는 듯하였다.

헤밍웨이의 '킬리만자로의 눈'에 나오는 표범의 이야기가 생각난다. 거친 숨을 몰아쉬며 까마득한 산으로 오르는 그가 한 마리 표범처럼 보인다. 표범은 썩은 고기를 먹지 않는다. 하이에나처럼 빼앗아 먹지도 않는다. 외로이 살아간다. 떼지어 울부짖고 소란을 피우지도 않는다. 죽을 때에는, 홀로 흰 눈 덮인 산으로 올라가 삶의 자취를 감춘다는 것이다.

코로나가 끝나고 얼마쯤 뒤에, 내 히말라야로 떠나리라. 브로드피크가 보이는 히말라야 산자락을 트레킹하면서, 산사나이 김 대장의 외로운 영혼을 위로하고 싶다. 묘비가 있는 언덕에서, 그에게 조용필의 〈킬리만자로의 표범〉 노래를 조곡(弔哭)으로 들려주고 싶다.

> 왜 그렇게 높은 곳까지 오르려 애쓰는지 묻지를 마라
> 고독한 남자의 불타는 영혼을 아는 이 없으면 또 어떠리
> 산에서 만나는 고독과 악수하며 그대로 산이 된들 또 어떠리

趙容弼

VOL. 8

허공
킬리만자로의 표범
얄미운 님아
바람이 전하는 말

겨울 나그네

　날씨가 쌀쌀하다. 절을 지나 북가치로 오르는 겨울 숲은 고요하다. 어쩌다 바람이 불어와 아직 떨구지 못하고 매달린 잎사귀를 흔들 뿐. 작은 새가 푸르륵 날아간 나뭇가지는 흔들리다가는 곧 멈춘다. 여름 한나절에 그리도 요란스레 지저귀던 새들은 다 어디로 날아간 걸까. 숲속을 아롱다롱 수놓았던 그 이름 모를 꽃들은 다 어디로 사라진 걸까. 썩 베면 푸른 피가 솟아날 것 같은 등걸은 시커멓게 갈라지고 터진 채, 찬 바람을 맞고 서 있다. 하늘을 가렸던 잎새들은 물기와 푸름을 대지로 되돌리고는, 지금은 말라서 바스락거리는 몸으로 땅 위에 뒹군다. 어둑한 냉기가 어린 숲은 텅 비어 있다. 여름 내내 녹음에 숨기었던 숲속 비밀이 이제 훤히 드러나 있다. 바위 틈새로 마를 날 없이 흐르던 여울물은 하얀 얼음 속에 물길을 감추고, 뒷산이 지은 해그림자가 골짜기를 지나 앞산 꼭두배기로 오르고 있었다.

　이제는 한겨울이다. 저녁나절의 숲은 어둡고 스산하다. 옅은 먹물로 붓질한 듯한 숲속 오솔길을 홀로 오르고 있다. 겨울 숲에서 삶을 돌아본다. 칠십 줄로 접어드는 내 삶도 겨울의 숲을 닮았다는 생각이 든다. 여름, 가을을 지나온 숲처럼, 나의 세상살이도 예까지 왔다. 부모의 몸을 빌려 이 세상에 태어났다가, 채 백 년도 못 되는 세상살이를 하다가, 다시 그윽한 그곳으로 돌아간다. 인생은 나그네길이다. 나그네의 삶은 자유롭다. 정처가 없어서 그러하리. 매인 곳이 없고, 목적한 바가 없어서 그러하리. 당나라 시인 이백은 무릇 천지라는 '세상'은 모든 만물이 잠시 쉬어 가는 여관이고,

광음이라는 '시간'은 세월을 지나가는 나그네라고 하면서, 인생길이 꿈결 같다고 하였다.(夫天地者 萬物之逆旅 光陰者 百代之過客 而浮生若夢)

1970년대 초에 대학을 다닐 때 클래식을 좋아했던 친구가 있었다. 우리들이 막걸리를 마시며 나훈아 노래를 부를 때, 그는 통키타를 치며 음악 감상실을 드나들었다. 그는 외톨이었고, 늘 우울했었다. 그가 좋아했던 곡이 슈베르트의 가곡 〈겨울 나그네〉였다. 다리를 절었던 그 친구가 왜 슈베르트의 〈겨울 나그네〉를 좋아했는지는 잘 모르겠다. 사랑에 실패한 청년이 연인에게 이별을 고하고 눈과 얼음으로 뒤덮인 겨울 들판으로 길을 떠나면서, 실연의 아픔을 승화한 그 슬픈 노래가 좋았던 것인지, 아니면 슈베르트의 비극적 삶이 그에게 어떤 울림이 있었던 건지. 사실 슈베르트는 작은 키와 못생긴 외모로, 늘 열등감 속에 살았고, 그의 사랑은 번번이 실패로 끝났다. 지독한 가난과 허무함으로 윤락가를 전전하던 그는 돌이킬 수 없는 병, 매독에 걸렸다. 〈겨울 나그네〉를 완성하고 그 이듬해, 서른두 살의 나이로 요절한다. 슈베르트 자신이 눈보라 치는 겨울, 사랑을 잃고 죽음을 향해 방황하던 그 겨울 나그네는 아니었을까?

한참 숲을 오르다 보니 어디선가 새소리가 들린다. 작고 가냘픈 새 한 마리가 하늘 끝으로 보이는 잔가지 끝에서 울고 있다. 이름 모를 새는, 〈겨울 나그네〉 열두 번째 가곡 '고독'을 노래하고 있는 듯하였다. 찬 바람은 피아노 선율이 되어 윙윙거리고 있을 뿐….

전나무 가지 위에 미풍이 불 때
어두운 구름이 청명한 하늘을 가로지르듯
나는 무거운 발걸음을 옮겨 나의 길을 가네
즐거운 삶을 지나 외롭고 쓸쓸하게
〈겨울 나그네〉 12곡 '고독'

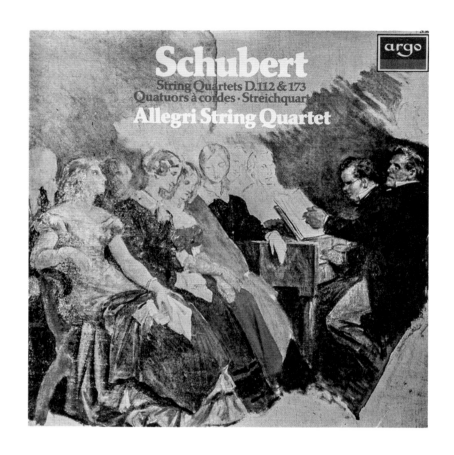

　아린 가슴속을 후비는 듯한 애절한 소리로 새가 울고 있다. 바람이 명주실 같은 소리를 끊어질 듯, 이어질 듯 흔들고 있다. 살랑거리는 잎새처럼, 바르르 떨고 있다. 나는 한참 동안 그 자리에 서 있었다.

　한 마리 작은 새가 부르는 노래를 듣고 있다. 추운 겨울에 나그네가 되어 숲을 오르는 내 허전한 가슴에 쓸쓸함이 안개되어 흐른다. 숲은 아까보다 더 어둑어둑해지고 있었다.

마지막 잎새

그때 그곳에, 마음을 두고 왔었나 보다. 얼마 전, 문학기행차 찾았던 문광 은행나무 숲길을 다시 들렀다. 파아란 하늘로 올려다보이는 나무들은 잎사귀를 다 떨어뜨린 채, 가지만 앙상하다. 바닥으로는 동장군을 맞을 노오란 카펫이 깔려있다. 나무에서 파릇한 움을 틔우던 봄날의 노래를 듣는다. 몇 번쯤의 천둥과 번개, 숱한 비바람을 견뎌내며 으낭을 키워냈던 여름날의 치열했던 삶도 본다.

이제 무서리를 맞은 잎사귀들은 생기(生氣)를 잃어간다. 바람이 분다. 잎새들이 우수수 땅으로 떨어진다.

그런데 가만히 보니, 저 가지 끝에 은행잎이 몇 잎 달랑 붙어있다. 인기척에 놀랐나? 은행잎 한 잎이 나풀나풀 가지에서 떨어진다. 본래의 자리로 돌아가는 걸까? 모습이 조용하고 차분하다. 나무들은 이제 생기를 끊고, 땅으로 돌아갈 채비를 서두르고 있다.

저 은행잎에서 삶과 교차되는 죽음의 모습을 본다. 죽음이란, 한 번도 가보지 않은 길이다. 오래오래 삶의 가지 끝에 달려 있고 싶을 뿐인데… 그러나, 가야 하는 길이다.

예수의 제자 마태오는, 사람이 만일 온 천하를 얻고도 제 목숨을 잃으면 무엇이 유익하리요, 사람이 무엇을 주고 제 목숨을 바꾸겠느냐고 하였다. 속담에도, 개똥밭에 뒹굴어도 저승보다 이승이 낫다고 하였다. 죽음에 대한 미학(美學)은 지금의 유한한 삶에 대한 서글픈 위안일 따름이다. 생명보다 더 숭고한 가치는 없다.

은행잎이 또 한 잎 떨어진다. 애잔하다. 떨어지는 잎새를 보고 있자니, 문득 중학교 땐가 국어책에서 읽었던 〈마지막 잎새〉라는 소설이 생각났다.

허름한 삼층집 창가에서 마음이 여린 아가씨 존시가 폐렴을 앓고 있다. 존시는 앞집 담벼락에 붙어있는 담쟁이덩굴 잎사귀들이 다 떨어지는 날, 그녀 자신의 생명도 끝날 것이라는 자기연민에 빠져있다.

그녀는 삶에 의욕이 없었고, 이를 지켜보는 친구 수우는 안타까워하지만, 별수가 없다. 수우는 술에 절어 사는 늙은 화가 베어먼에게 이를 말해보지만, 베어먼은 설마 잎사귀가 다 떨어진다고 사람이 죽겠느냐며 시큰둥하다.

담쟁이 잎이 겨우 한 잎 남은 그날 밤, 비바람이 세차게 몰아쳤다. 존시는 담쟁이 잎이 밤새 바람 앞에 온전할 리가 없다면서 절망한다. 날이 밝고, 창밖을 응시하던 존시의 눈이 반짝인다. 아니, 잎사귀 한 잎이 떨어지지 않고 벽에 찰싹 붙어있다. 저녁때에도, 그 이튿날도… 존시에게 삶의 의욕이 살아난다. 입맛이 돌고, 기력을 되찾는다. 그녀가 다시 살아나고 있었다.

비바람에도 끄떡없던 마지막 잎새는, 비바람이 몰아치든 그날 밤, 베어먼이 아무도 몰래 그린 벽화였다. 베어먼은 비에 젖고, 추위에 떨며 사다리 위에서 그 그림을 그린 것이다. 그리고, 폐렴에 걸려 이틀 뒤 죽었다. 언젠가 명작을 그리겠다던 늙은 화가의 허풍이 실현된 것이다. 꺼져가는 여린 생명을 구한 위대한 그림이었다.

오 헨리의 감동적인 단편소설이다. 잎사귀 한 잎으로 존시는 살고, 잎사귀 한 잎 때문에 베어먼은 죽었다. 죽음을 넘어서는 찬란한 삶이 있고, 삶보다 더 숭고한 죽음도 있다.

가느다란 가지 끝에서 떨어지는 은행잎을 본다. 저 은행잎은 죽어 사라지는 것이 아니라, 본디 생명의 근원으로 돌아가는 것이라는 생각을 해본다.

이듬해 봄에는 저 자리에서 새잎으로 돌아나리라.

'생사불이(生死不二)'라는 말이 있다. 생과 사는 서로 다른 시작과 끝이면서도, 서로 맞물려 있다. 어쩌면, 생과 사는 하나다. 예수는 서로 사랑하여, 죽어서도 천당에서 영원히 살라 하였다. 석가모니는 자비를 베풀면, 죽어서 극락으로 왕생한다고 설법하였다.

'오동잎 한 잎이 떨어지니, 천하에 가을이 왔음을 안다(梧桐一葉落天下盡知秋)'고 하였다. 은행잎이 또 한 잎 떨어진다. 온 대지에 가을이 다가오고 있다. 저 잎사귀 한 잎에서, 생사를 거듭하는 생명의 고귀함을 느낀다. 천년을 산다는 은행나무에서 생명에 대한 경외감을 느낀다.

푸드덕 까치가 날아간다. 정적을 깨치고, 생기가 숲길로 퍼진다.

약간 시린 바람이 불어와 얼굴에 스치고 있다.

그건 너

가끔 마음의 병이 도져서, 술독에 푹 빠질 때가 있었다. 그럴만한, 어떤 이유가 있는 게 아니다. 특별히 우울하거나, 쓸쓸해서도 아니다. 그날따라 그냥 마음이 시들고, 눅눅해진다. 비가 주룩주룩 오거나, 눈이 펑펑 쏟아지는 날에는 그런 일이 잦았다. 어쩌면 그날은 내가 또 다른 나를 찾아가는 날이었는지도 모른다. 술을 벗 삼아, 과거의 그때로 돌아가는 시간여행 같은 것이었다. 그 여행 끝에는, 언제나 맥주와 아련한 청춘의 노래가 있었다.

그런 날은, 내 행동에 어떤 공식 같은 게 있다. 퇴근하면서, 아파트 단지에 들어서자마자, 내일 출근하기에 좋은 자리에 주차해놓고, 곧바로 부근 홈플러스 매장으로 향한다. 두리번거리거나 망설이지 않고, 곧 술 진열대로 향한다. 소주나 양주는 관심이 없다. 와인이나 막걸리가 있는 코너를 지나, 잘 냉장된 1,600cc 페트병 맥주 두세 통을 산다. 이제 매장에서 다른 볼일은 없다. 늘 그렇듯이, 거실에서 성경책을 보시거나, 반찬거리 등을 다듬으시던 어머니는 퇴근하는 아들 손에 들린 봉지를 보고, 대번 짐작을 하신다. 거실에 앉은뱅이 작은 상을 편다. 어머니는, 주방 저쪽에서 안주를 장만하신다. 안주는 끓는 물에 삶은 가래떡과 소금을 녹인 참기름이다. 내 술맛에 제격이다. 어머니께서 안주를 상위에 가져다 놓으시며, 늘 말씀하신다. '오늘은 이거만 먹고 자, 술 많이 마시면 몸 상하잖아?' 그런 날, 대개 아내는 아직 퇴근 전이다.

유리 글라스에 거품이 넘쳐 상위에 닿기도 전에, 거푸 두세 잔을 비운다.

짭조름하고 고소한 참기름 가래떡을 먹을 겨를도 없다. 목이 마르고, 배도 고프던 차에, 목구멍을 타고 넘어가는 차디찬 맥주는 온몸에 소름을 돋운다. 풀밭 위로 부는 바람처럼 거품이 인 맥주가 지친 몸과 주눅된 마음에 시원한 쾌감을 불러온다. 나는, 바닷가에서 세찬 바람을 쏘이고 있다. 한여름에, 우비도 없이 소낙비를 온몸으로 맞고 있다.

소파에 등을 기대고, 거실 바닥에 앉아 아무런 생각도, 어떤 행동도 없이 한동안 자작(自酌) 맥주잔을 들고 있다. 요즘 시쳇말로, 혼술을 하고 있는 것이리. 페트병에 든 맥주는 점점 아래로 잦아들고, 내 몸은 더 아리송한 나락으로 빠져든다. 그러나 기분은, 비바람이 몰아치고 난 뒤의 들녘처럼, 아늑하고 차분해진다. 세 번째 술통도 반쯤 비워질 무렵, 그즈음에 가끔 오래된 추억이 어둑한 거실로 찾아든다. 무거운 몸은 침침한 거실에 있는데, 마음은 머언 시간과 공간으로 나를 데리고 간다.

70년대 초, 강물이 비단결 같다는 어느 소도시 캠퍼스에서, 그녀를 만났다. ≪데미안≫을 끼고 다니던 가정교육과 여학생이었다. 나와는 같은 학년이었고, 함께 독서클럽에서 활동하고 있었다. 1, 2, 3, 4학년 모두 스무 명 남짓했는데, 한 달에 한 번씩 책을 정하여 토론을 벌였다.

내 차례가 되어, 박경리의 ≪표류도≫를 발표한 적이 있었는데, 그때 넓은 강의실에 그 여학생 혼자만 있는 거 같았다. 떠듬떠듬 진땀을 뺐다. 그녀가 ≪바람과 함께 사라지다≫를 발표할 때에, 나는 그녀에게 한마디 말도 걸어보지 못했다. 벽돌 같은 그 책을 꼼꼼히 다 읽었으면서도.

가끔, 강 건너에서 자취하던 그 여학생의 창문을 오래도록 바라봤었다. 창문에 불이 꺼지면 터덜터덜 다리를 건너서 강북 하숙집으로 돌아오곤 했다. 하숙집으로 돌아와서는 쿨쿨 잠자고 있는 룸메이트를 깨워 라면을 안주로 진탕 막걸리를 마셨다. 순천고등학교를 나온 친구는 '자네 완싸이 드러브하제?' 하며 나를 놀렸다. 그녀는 내게 별로 관심이 없는 거 같았다.

STEREO
ALL THESE SONGS
ARE CAME FROM
A ROOM

그건 너
LEE JANG HEE
MEET ME IN A ROOM

이장희

SungEum

그때 즈음에 나온 노래가 있었다. 그 노래는 가슴앓이하는 나를 위로하는 카타르시스의 눈물 같은 것이었다. 나는 우울하게, 그 노래를 잘 불렀다. 가수 이장희가 부른 노래 '그건 너'는, 나에게는 절창(絶唱)의 노래였다.

추억이란 오래된 마음의 노트에 적힌 동화 같은 것이다. 비록 이루어지지는 못했지만, 나 혼자만의 꿍꿍이 같은 풋풋한 것이었지만, 가끔 혼술할 때 찾아오는 그 노래가 그리 싫지만은 않다. 노년의 인생에서, 청춘의 '한때'는 별처럼 아름다운 것이리.

콧수염을 기르고, 오토바이를 타는 모습의 이장희 LP를 꺼내어 턴테이블 위에 올려놓는다. 찌직 거리며 그 노래가 침침한 방안에 울려 퍼진다.

> 모두들 잠들은 고요한 이 밤에 어이해 나 홀로 잠 못 이루나
> 넘기는 책 속에 수많은 글들이 어이해 한자도 뵈이질 않나
> 그건 너 그건 너 바로 너 너 때문이야
> 전화를 걸려고 동전 바꿨네 종일토록 번호판과 씨름했었네
> 그러다가 당신이 받으면 끊었네 웬일인지 바보처럼 울고 말았네
> 그건 너 그건 너 바로 너 너 때문이야

그때는 나도, 그녀도, 노래를 부른 이장희도 다 불타는 청춘이었다. 우리들 모두는 '질풍노도'의 때를 지나고 있었다.

기약(期約),
때를 정하여 약속하다

어느 시인은 올라갈 때 보지 못한 그 꽃을, 내려갈 때 보았다고 하였습니다. 우리는 지금 고비도 넘고 모퉁이를 지나 인생의 또 다른 길을 걷고 있습니다. 한참을 내려왔지만, 앞길이 늘 궁금하고 가슴이 설렙니다.

'글을 쓴다'는 도반(道伴)이 앞으로의 길에 멋진 길잡이가 될 것입니다.

인생의 산을 내려가면서 아름답고 감동적인 장면에 자주 마주치게 됩니다. 나뭇잎을 뚫고 쏟아지는 햇살을 보면서 살아있음의 소중함을 느낍니다. 붉게 물들어 가는 저녁 놀을 보면서 '익어간다'는 말의 의미를 삶에 비춰봅니다.

우리들 시선을 붙잡고, 마음을 가라앉혔던 장면들을 디카에 담고, 사색을 짧은 글로 표현하여 보았습니다. 어쩌면 앞으로 우리들이 함께 내려가고픈 새 길일는지도 모릅니다. 먼 훗날 작고 아담한 책이라도 한 권 내보려고 하는 소망도 가져봅니다. 유지자사경성(有志者事竟成)이라고 하였지요?

뜻이 있으면 일은 반드시 이루어진다고 하였습니다.

섬

최재우

삶이란 바다로 출항하는 것이다
죽음이란 섬에 내리고 기항하는 것이다
가는 길만 있고, 돌아오는 길은 없는 숙명의 뱃길

돌아보니, 산산이 부서지는 삶이었다
부대끼며 울-부짖는 삶도 있었다
살다보니, 비우고 내려놓는 법을 배웠다

섬이 가까워지고 있다

그 섬에 갔다 온 사람은 없다
그 섬엔 할렐루야 파라다이스란 낙원이 있다고 한다
그 섬엔 사바하 극락이라는 깨달음의 세계가 있다고 한다
아니, 그 섬에 도착하는 순간 모든 게 끝이라고도 한다

누구나 꼭 가게 되는 그 섬
알 수 없는 일이다
지금은

비상

엄미정

끝이 보이지 않을 만큼 긴 새만금 방조제에 넋을 빼앗기다
신시도에 머문다.
평화로운 섬마을, 벽화 앞에 작아지는 내 영혼이여
유년의 꿈들이 안개처럼 피어오르고
사람 냄새 물씬 나는 좁은 골목길에서 풍경을 읽는다.

짙푸른 하늘, 온통 물빛인 바다에 일상 속 껄끄러움을 씻어내고 싶다.
바다를 박차고 하늘로 비상하는 저 갈매기처럼...
가끔은 나도 비상을 꿈꾼다.
되돌아보면 삶이란 게 그렇다.
섬은 섬일 때가 아름답듯이 나도 나일 때가 편안한다.

갈매기들이 하나, 둘 다시 돌아와 앉는다.

여행

김학명

빨간 건물 앞으로 여성들이 이야기를 하며 지나간다.

바퀴가 달린 가방을 끌고 천천히 걷는걸 보면 여행을 다니는 듯 하다.

성애가 살짝 녹아내린 유리창 너머 바깥 모습이 한 폭의 희미한 수채화 같이 고즈넉하다. 두 여인에게 시선이 멈춘다. 어디로 가는걸까.

여행의 맛은 목적지에 도착하는 것보다 그 과정에서 새로움을 느끼고 체험을 통해 깨달음을 얻는데 있다고 한다. 괴로움과 불편함도 기쁨으로 승화시키며 또 어떤 의미도 찾게된다. 그래서 길이 사람을 키운다고 하지않던가.

인생 길도 성애낀 유리창처럼 선명하지도 확실하지도 않은 길을 나서는게 어쩌면 여행과 꼭 닮았다. 그리고 삶의 의미를 찾고 지나온 길을 뒤돌아 보면서 가슴에 남는 무언가를 한번쯤 생각하게 되는 것도……

행로(行路)

김점자

나 사는 길에만 비바람 불었어랴

비탈진 벼랑에도 들꽃은 피었으리

늦었다 생각 넘어 남아있을 순간까지

그대 위한 소망으로 꽃씨 하나 심어두리

선암사에서

고미화

시선이 닿는 곳마다 절경이다.

연초록 산빛에 둘러싸인 고찰古刹
진분홍 진달래와 탐스러운 겹벚꽃의 경염이
분홍빛 물결로 흐르는 경내
대웅전 빛바랜 단청이 고아한 빛을 발한다.

마음 뉘여 쉬는 곳곳의 비경 사이로
커다란 옹이를 지닌 나무 한 그루
응결된 인고의 시간이 햇살 아래 빛난다.

길

강미란

길을 걷는다.
걸으면 길이 된다.

나는 지금 어디로 가는 걸까.
나는 어떤 길인지 모르고 마냥 걸었다.
길을 잃어버리기도 하고
깊은 수렁에 빠지기도 하면서
한 통의 전화를 받았다.
"뜻이 있는 곳에 길이 있을까요?"
"길이 있는 곳에 뜻이 있을까요?"
뜻이 있는 곳엔 사람이 너무 많아
길이 있는 곳에 뜻을 세우기로 했다.

그랬다.
길은 내 안에 있었다.
길을 걸으면 다시 새로운 길이 되고
그 길을 따라 걷다 보면 새로운 나를 발견한다.
인생의 길은 나를 찾아가는 여행길이다.
때로는 외롭고 힘들 수 있다지만
험난한 길을 지나면 더욱 성장한 나를 만난다.
오늘도 어디로 가는지 모르고 또다시 길을 나선다.
나뭇잎이 떨켜를 만들어 겨울을 견디고 새로운 봄을 기다리듯,

길을 걷는다.
어느 곳이든 나서서 걸으면 길이 된다.

합강(合江)의 노래

문학박사 **강미란**

프롤로그

　내 안의 감정과 느낌은 저절로 생기는 것이 아니다. 글로 표현할 때 그것을 실감하게 된다. 글 쓰는 행위는 마음을 일으켜 삶의 활력을 얻게 한다. 여섯 글벗은 '나'를 표현하고 내가 해야 하고, 내가 하고 싶은 것을 글로 쓰며 진정한 행복을 느낀다. 때로는 글을 쓰며 현실과 이상 사이에서 갈등하고, 공허하고 무력할 수밖에 없다는 사실에 상처받으면서도 글 쓰는 일을 멈추지 않는다. 나만의 방에서 나만의 삶을 잔잔히 풀어 쓴다.

　글쓰기는 삶을 쓰는 것이다. 삶이란 크게 열려 있는 문과 같다. 여섯 글벗은 그 문을 드나들며 부정적이고 비관적인 나, 불만투성이고 미래가 없는 나, 언제나 외톨이인 나를 거듭 낳는다. 그래서 내 안에 수많은 '나'와 직면하며 자신이 누구인지 이해하고 성찰하여 새로운 나로 거듭난다. 이봉희 교수는 "나를 찾으려면 낯선 자를 찾아가라" 한다. 수많은 낯선 자를 찾고 만나다 보면 진정한 나와 마주한다. 밖에서 찾아본 경험을 통해 내 안의 보물을 찾고 삶의 해답도 찾을 수 있다. 그래서 우리는 삶을 글로 쓰는 행위를 멈추지 않는다.

　수필을 쓰는 일은 삶을 쓰는 것이고 삶을 노래하는 것이다. 여섯 글벗의 노래는 수필이다. 작은 시냇물에서 시작되어 골짜기를 지나고 산을 넘고 고개를 휘감아 굽이쳐 흘러 합강合江에 이른다. 그곳에서 다 함께 수필의 노래를 부른다.

'글은 곧 사람이다.'라는 말이 있다. 여섯 글벗의 수필의 노래는 남다르다. 글과 사람이 같다는 생각이 들도록 끊임없이 정진한다. 독창적이고 개성적인 작품에 각자 주제에 알맞은 부록을 더해 작가의 작품 세계에 대한 이해의 폭을 넓힌다. 여섯 주제의 각기 다른 노래를 듣는 독자가 글다운 글을 읽는 행복을 느끼기를 소망한다.

삶 속에서 수많은 갈등과 좌절을 경험하고 끝없는 욕망도 발현된다. 그 과정에 생긴 상처나 트라우마를 해소해야 한다. 상처는 잘 치유하지 않으면 쌓이고 굳어져 더 큰 문제를 야기하므로 내면의 상처를 치유하는 일이 필요하다. 수필은 작가 자신과 수필을 읽는 독자에게 자가 치유를 가능케 한다. 수필을 쓰는 행위는 나를 찾아가는 여행이다. 평범한 삶 속에서 특별한 자신을 발견하는 특별한 일이다. 이 책을 만난 독자들도 여섯 작가의 삶의 여정을 무심히 따라가며 일상이 치유되길 바란다.

치유의 강에 이르는 여섯 글벗

『합강(合江)의 노래』는 치유의 강에서 울려 퍼진다. 흐르는 강물처럼 주어진 삶을 받아들이고, 거꾸로 오르는 연어처럼 고통과 아픔을 넘어 삶을 노래하며 합강合江에 이른다. 그것이 치유의 마중물이 된다. 글쓰기의 즐거움과 행복감은 자긍심을 넘어서는 그 무엇에 있다. 그 무엇은 자기표현과 자기 이해와 자기성찰, 그리고 치유이다. 수필 쓰기는 '나'를 표현하는 행위에 그치지 않고 '나'를 표현하는 과정에서 진정한 자기를 이해하고 자기성찰을 통해 스스로를 치유하는 그 무엇이다.

여섯 작가는 삶의 고백을 은유적 표현으로, 타자-되기를 통해 우리-되기로, 새로운 의미 부여로 희망을 발견하고, 지난 기억을 재해석하며 위로받는다. 그 과정에서 각자의 삶을 길어 올려 수필 언어로 형상화하며 성찰과 치유에 이른다.

여섯 글벗의 수필집 『합강의 노래』 35편의 작품을 6명의 작가의 방에 각각 저장한다. 1부 〈나의 퀘렌시아〉, 2부 〈삶이란 꽃의 향기는〉, 3부 〈봄 여름 가을 겨울 그리고 그리움〉, 4부 〈동행〉, 5부 〈시간 여행〉, 6부 〈아무도 가지 않은 길〉의 주제로 삶을 노래한다. 『합강의 노래』는 저작권이 없다. 수필의 노래는 우리 모두의 노래이다.

♬♪ 직면과 고백을 통한 성찰

합강合江의 노래는 고백의 노래다. 그럴듯한 글, 쓸만한 가치가 있는 글은 오롯이 '있는 그대로의 나'를 드러낸다. 자기표현, 자기 이해, 자기실현을 통해 새로운 삶을 노래한다. 이러한 과정을 철저히 거쳐 보다 나은 '나'로 거듭난다.

글쓰기는 직면(Confront)에서부터 시작한다. '나' 안의 수많은 '나'가 있다. '나'가 경험한 것들, 갈등, 상처를 회피하지 않고 그것으로 인해 파생되는 모든 것을 그대로 수용한다. 과거 현재 미래를 주저하지 않고 마주한다. 그래서 자신을 이해하는 힘이 생기고 성찰을 통해 합강合江에 이른다.

♬♪ 은유와 상징을 통한 언어의 생명화

수필은 '언어의 생명화를 통한 영혼의 울림'이다. 수필 쓰기에서 은유나 상징의 표현은 작가의 감정을 간접적으로 쏟아내는 장치로서 용이하다. 수필 쓰기는 "사회가 용인하지 않는 욕망이나 직접 토로하기는 부담스러운 경험을 은유나 상징으로 표현한다." 그러기에 자신의 삶을 객관적으로 바라보고 심리적인 안정을 취하는 기능을 한다.

은유와 상징은 '자신의 체험에 언어의 옷을 입히는 일이다. 또한 은유와 상징의 표현은 사물에 다가가 사물을 어루만지게 한다. 현대인은 자연과 동떨어진 삶을 살기에 세계와 교감하는 오감이 닫혀있다. 사물을 오감으로 받아들여야 느낌과 생각의 통로가 열리고 타인과 소통하는 기회를 부여 받으므로 행복을 가져다준다. 여섯 글벗의 노래는 은유와 상징을 통해서 사물의 속성과 인간의 속성을 하나의 지점에서 만나 아름다운 하모니를 이룬 한 권의 동인지가 된다. 서로의 삶에 공감하고 감동을 일으키고, 새로운 의미도 부여하며 삶의 지평을 넓혀 간다.

♬♪ 타자-되기를 통한 우리-되기

인간은 혼자서 살 수 없는 사회적 존재이다. 그러므로 '관계 맺음'의 연속은 보편적인 진리이다. 레비나스는 "인간은 자신만의 고유한 주체성을 가지면서 타인과의 관계를 통해 살아간다"고 강조했다. 우리는 누군가의 타자적 존재로 살아간다. 그러므로 '나'와 '남'의 관계, 즉 타자와의 관계를 어떻게 맺고 있는지 수시로 살펴보는 것이 중요하다. 그것이 바로 글을 쓰는 이유이고 참다운 삶을 사는 방법의 하나이다. '타자-되기'는 타자를 이해하고 공감하고 인정하는 것이며, '우리-되기'로 평등하게 공생 공존하는 것이다. 여섯 작가는 타자와 나의 관계에서 '차이'를 알아내고 배려하므로 '우리-되기'에 이른다. 그곳이 합강(合江)이다.

♬♪ 기억의 재해석

심층에 억압된 무의식을 불러내는 일은 쉽지 않다. 과거 경험을 재경험하고 그것을 통합하여 재해석하기 위해서 기억과 회상은 기본적인 과정이다. 회상은 내면 깊숙한 곳에 자리하고 있는 과거의 기억을 있는 그대로 재현하는 것이 아니라 작가가 재해석하여 표현된다. 이때 자아는 은폐되거나 진실하지 못한 표현으로 재현될 수 있다. 이를 프로이드는 '덮개기억'이라고 했다. 사소한 기억으로 중요한 기억을 덮는다는 의미이다.

수필 창작에서 기억은 상상과 재구성으로 문학적 심미감을 부여한다. '수필적 상상'의 기법은 '정감과 미적 울림'을 주어 감동을 불러온다. 여섯 작가는 기억에 의해 소환된 경험에 상상한 세계를 가미하여 재구성한다. 독자는 문학적 기억으로 미적 울림을 주므로 독자를 더욱 공감하게 하고, 작가는 현실에서 경험한 기억을 불러내어 자신의 인격으로 통합하여 받아들여 재해석하므로 내면의 치유에 이르게 된다.

에필로그

삶이란 쓰는 것이다. 우리는 일상에서 무엇인가를 사용하고 이용하고 소비한다. 삶의 여정은 굴곡의 연속이다. 그래서 삶을 이끄는 동력이 필요하다. 그 방법의 하나가 수필 쓰기이다. 수필 쓰기는 내 생각과 감정을 손을 움직여 활자(活字)로 쓰면서 마음을 일으키고 나를 움직이게 하여 삶의 활력을 얻게 하는 치유제이다. 생각하고 느낀 감정에 직면하고 고백하고 동화되고 성찰하므로 진정한 '나', 더 나은 '나', 행복한 '나'로 거듭나게 한다.

여섯 글벗의 작품을 따라 흐르다 보면 작가들의 고백과 성찰에 동화되어 치유의 강에 이른다. 독자가 작가가 되고, 작가가 독자가 되어 합강(合江)에서 함께 노래를 부르게 된다. 작가의 경험이 독자에게 공감될 때 작품의 가치가 더욱 빛난다. "글은 내가 남이 되는 일이고, 남이 내가 되는 일이다."라고 했다. 바로 공감(共感)이다. 그래서 『합강(合江)의 노래』에 수록된 작품은 시간과 공간, 사람과 사물 그 어떤 것에도 방해받지 않고 모든 것을 불러내고 만나게 한다.

수필의 노래는 멈추지 않는다. 수필 쓰기는 자신과 직면하여 고백하고 자기 이해와 성찰의 시간을 부여하여 자신을 바로 세우기 때문이다. '나'에서 출발하여 종국에는 '나'로 돌아가는 과정에서 위로받고 치유 받기 때문이다. 그래서 현재에도 미래에도 수필의 노래는 이어진다.

문집을 마무리하며 '글쓰기는 삶이다'라는 사실에 실로 공감한다. 여섯 작가는 각기 다른 삶의 노래를 오롯이 독자들에게 전해 준다. 우리는 각자 삶의 위대한 작가이다. 자신의 삶을 쓰는 일은 나의 존재를 확인하는 일이고 누군가의 무엇이 되는 일이다. 수필집 『합강(合江)의 노래』가 누군가에게 위로와 위안이 되고, 누군가에게 용기와 희망의 노래가 되어 삶의 온기로 전해지기를 바란다.

『합강(合江)의 노래』가 울려 퍼진다. 마음의 강으로, 치유의 물결로.